Volldampf voraus □ Wolfgang Nebich

Volldampf voraus....

und hol´ der Teufel die Torpedos!

Geschichten aus (m)einem Leben

von Wolfgang Nebich

mit Wolfgang Nebich

über Wolfgang Nebich

aber

für Ilse Nebich

© 2000 by Agarthi – Verlag, Moers
Alle Rechte vorbehalten
Herstellung: Libri Books on Demand
ISBN 3-8311-1246-0

FÜR ILSE

Da war ein Hauch von den Lilien her,
ein Duften wie von Orchideen,
erfüllte mein Herz, es war traurig und leer
als DU meinen Träumen geschehen.
Ich wagte nicht Atem zu holen,
die Augen im Staunen gebannt
hauchzart aus der Stille gestohlen -
DU hast meinen Namen genannt.

Ich fühlte - und war doch ganz unbeschwert,
unfrei und zufrieden und glücklich
in einer Aura von Sternen verklärt,
der Tod käm als Freund augenblicklich.
Dann wärst DU mein letzter Gedanke,
der Schlüssel zum Wunschparadies -
mit Eros als goldener Ranke -
der mich in die Seligkeit wies.

Die Zeit ging mit Schrecken, Krankheit und Not,
kaum daß ich das Leben bewahre,
zerstörte die Liebe, brach jedes Gebot;
es waren auch gut vierzig Jahre.
Das Schicksal bescherte mir Trauern
bis ich das Verschüttete fand:
DEIN Bild! Da zerbrachen die Mauern -
es hat meinen Namen genannt.

Der hauchzarte Nebel bricht sich am grünsilbernen Blätterdach, und die ersten blanken Strahlen einer sonntäglichen Sonne schimmern durch die Nadeln der Koniferen am Wegrand. Ein kleines braunes Eichhörnchen schlüpft flink, aber überhaupt nicht ängstlich, am Stamm einer Krüppelpinie hoch.

Die Strahlen der Sonne schlüpfen deutlicher durch den langsam heller wirkenden gepflegten Park, spiegeln sich sanft im malerischen Forellenteich und dem Natodraht, wandern über die sauber gefegten Pfade an den Blumenbeeten vorbei.

Meine Schritte verlieren sich in der Weite des Parks; niemand ist in der Nähe, um mich zu so früher Stunde zu stören.

Donald, die Ente - aus unerfindlichen Gründen war sie am Teich geblieben, als die gesamte Familie auswanderte, und aus ebenso unerfindlichen Gründen wurde das mittlerweile ausgewachsene Stockentenweibchen mit dem männlichen Namen bezeichnet - Donald also zog seine schweigenden Spuren durch das klare Wasser und fragte unaufdringlich nach Brotstücken. Füttern streng verboten ... eine der wesentlichen Regeln beim Umgang mit wilden Tieren. Ja ja, "Nicht am Wasser packen - Der Bademeister" wäre auch ein schönes Schildmotiv...

Ich warf einige Stücke festes Brot ins Wasser und bewunderte das Hochschnellen der Forellen, die jetzt keine Angst mehr vor dem Schatten der Ente hatten. Beide Seiten waren eben gewachsen. Früher zuckten die immer hungrigen kleinen Raubfische zurück, wenn das Entenküken hastig zum Brot flatterte. Jetzt teilte man das Essen nach dem Recht des Schnelleren - das Gesetz des Dschungels...

Weiter führte der Weg an den Himbeerhecken vorbei, die den Reitweg säumten, quasi die Nebenstraße meines Wanderweges, knapp hinter dem befestigten Zaun. Ich pflückte ein paar Beeren, die merklich lebendiger schmeckten als das Zeug, welches man auf dem Markt kaufen konnte. Man? Na ja, die anderen eben.

Rechts begann die Holzwerkstatt zu lärmen, die ersten starken Geräusche, die sich aber in das Bild der Landschaft einfügten, sie waren nicht fremd oder falsch. Holzbearbeitung gehörte zur Natur. Ein paar abgebrochene Aststücke knirschten unter meinem Schritt, die Schuhe wurden langsam naß. Der Tau hatte alle freien Flächen mit einer feuchten Schicht überzogen. Langsam hatte sich der Nebel zurückgezogen, und die Sonne strahlte jetzt klar und siegreich am Himmel, brach durch jede Lücke im Blattwerk und streifte kurz und verächtlich die Linsen der Überwachungskameras.

Vorbei am Minigolfplatz, der dringend restauriert werden müsste, ging es zum Fußballfeld, wo schon einige Athleten mit rhythmischen Übungen Frühsport vortäuschten. Lachende Rufe, Scherzworte - man kannte sich und tat so, als wenn man sich mochte.

Im großen Bogen spazierte ich durch die flackernden Sonnenfunken zum Goldfischteich, wo die "Jungs" schon auf das Geräusch meiner Schritte reagierten und nach mir riefen. Das konnte nur ich hören, und die klein gebrochenen Hartbrotstückchen wanderten behutsam in das plötzlich aufquirlende Wasser. Goldrot, silbern und schwarzgelb zappelte es im Teich von allen Seiten heran, und ich ging an der Schuhmacherei vorbei weiter. Mit sanft hocherhobener rechter Hand grüßte mich der Schuster. Es ging an bunten Blumenwundern in einem gepflegten Garten vorbei zurück zum Haus. Zum Haus? Zu meiner derzeitigen Wohnung.

Wie um alles in der Welt bin ich nur hierher geraten?

Alles begann wohl damit, daß am 31. Mai anno domini 1953, von den meisten Menschen unbemerkt, ein Ereignis die Umwelt erschütterte. Als erstes einer kaum überschaubaren Zahl meist wohlgeratener Kinder einer eher reputierlichen Familie erblickte Wolfgang der Letzte das Licht dieser grauen Welt, und das ausgerechnet in Sonsbeck. Na ja, das muß man sich nicht unbedingt merken, obgleich dieses unser Sonsbeck in mehrfacher Hinsicht bemerkenswert ist. Eine dieser Hinsichten kam also um sich strampelnd und lauthals krähend an das oben beschriebene Licht, kreischte und tobte und bewies schon vorab, daß es ihm nicht darum ging, unbeachtet zu sein.

Von einer teils glücklichen, teils schon sehr bald genervten Familie bestaunt, betrat der Schreiber dieses, eben Wolfgang Nebich, den Boden der Realität. Und mit Realitäten im weitesten Sinne begann dann später auch der Grund dieser Niederschrift.

An einem strahlenden Sommertag schritt ich an der Seite meiner Mutter zur Schule, wo jetzt zum zweiten Mal - das erste Mal war wie bei allen Kindern der Beginn des Kindergartens - der Ernst des Lebens begann. Das verspürten vor allem meine Lehrer. Natürlich war ich ruhig, höflich und freundlich im weitesten Sinne, aber auch neugierig und nicht leicht zufriedenzustellen. Das bekamen etliche beamtete Lehrkörper zu spüren, und bei den allfälligen Elternsprechtagen erfuhren es die pp. Eltern. Was zu einigen unangenehmen einseitigen Aussprachen mit meinen Erzeugern (die ich, das sei ganz ganz laut betont, mit etwas--intensiver Distanz schätzte), und änderte überhaupt nichts an meinem Verhalten. Ich wollte es immer ganz genau wissen - und das gelang mir dann auch meist.

So wechselte ich zur - wieder einmal das Wort - Real-Schule, um mich mit den realen Problemen auseinanderzusetzen. Das führte unwidersprochen letztendlich dazu, daß ich die hochgeschätzte "Mittlere Reife" erlangte. Das bezog sich sicher nur auf meinen Bildungsstand und auf meinen Blick nach vorne, in beruflicher Hinsicht. Da gelang es mir nämlich sehr bald, Boden unter die Füße zu bekommen. Mag man mir etwas verzeihen, das im folgenden oft anklingt, aber es war für mich nie sehr schwer, Geld zu verdienen. Sauer vielleicht, mit viel Anstrengung und noch mehr Köpfchen oder wie man gesundes Erwerbsstreben, verbunden mit ebenfalls gesundem Menschenverstand nennen will - aber verdammt erfolgreich. Leider konnte ich Hirn und Hoden nicht immer auseinanderhalten (der geneigte Leser verzeihe mir so grobe, aber im menschlichen Leben nicht wegdenkbare Worte wie Hirn oder so), und so schmetterte ich im zarten Alter von gerade 18 Jahren in meine erste Ehe. Verzeihlich, was meine Jugend und mein Ungestüm betrifft. Unverzeihlich aber wegen meiner sicherlich damals noch nicht ganz ausgeprägten Reife. Die übrigens auch bei meiner Auserwählten, Hanni, noch im argen lag.

Beruflich startete ich bei einer Mercedes-Vertretung durch, erlebte den gesamten kaufmännischen Bereich und lernte auch das Technische kennen. Neben der Buchführung und administrativen Aufgaben arbeitete ich im Ersatzteillager: Anlegen von Ein- und Ausgaben, Vervollständigungen, Aushändigungen, Materialnummern ... eine muntere Reihe von Fachbegriffen, die sich später durchaus in mein reales (schon wieder!) Leben übertragen ließen.

Nun, ich hatte es ganz vergessen, da ich die Realschule erfolgreich absolviert hatte benötigte ich nur zwei Lehrjahre, um den von Industrie- und Handelskammer verliehenen Titel eines Handlungsgehilfen per Brief zu erlangen.

Ich war frei und ausgebildet, aber die von mir gesuchte Arbeit konnte ich bei der deutschen Nobelmarke nicht finden.

Ich wollte und musste Verkäufer werden, da lagen meine unübersehbaren Stärken. Und bei Mercedes wurde damals nur der gesetzte Herr mit Bauch und Brille nebst Dreiteiler als Verkäufer eingesetzt, nicht das junge dynamische Talent, welches heutzutage von allen Unternehmen händeringend, gesucht wird. Sie erinnern sich bestimmt: Knauser und Co GmbH KG a.A. suchen jungen dynamischen Mitarbeiter. Voraussetzung abgeschlossenes Hochschulstudium mit guter Note (meistens auch noch "mit der Befähigung zum Richteramt", da man annahm, daß Juristen zu allem fähig wären - was ich im Nachhinein nur bestätigen kann ...), langjähriger Berufserfahrung, verheiratet mit Kindern und Eigenheim, nicht über dreißig Jahre alt ... Wo man solche Pflänzchen findet, und ob jemals solch ein Gewächs gefunden wurde, ist mir nicht bekannt. Ich zweifle leicht daran, dennoch hält sich dieses geschriebene Gerücht seit mehr denn 30 Jahren.

Ich merke aber, daß ich abschweife, und wenn ich schon solche Wörter wie "denn" in diesem Zusammenhang bringe, muß etwas durcheinander sein, also weiter im wirklichen Text.

Verkäufer bei Mercedes war nicht, also umgesehen, wo man meine unübersehbaren Talente noch benötigen könnte. Hat ihn schon, von der deutschen Industrie hin zum großen Bruder hinterm dito Teich, zu einem amerikanischen Konzern, oder zu einer seiner Töchter.

Da war es durchaus nützlich, daß ich, sagen wir mal höflich aus familiären Gründen, verheiratet war, ich begann meine Karriere bei Coca Cola als Fahrer, besser gesagt als Beifahrer. Schweigen wir über alle Umstände, aber es war zum Beispiel letztendlich auch der Grund dafür, daß mir selbst in sehr schweren Zeiten mein Leben noch sinnvoll und lebenswert war. Das hatte aber nichts mit der widerlich süßen Brause (wie Spötter sie nennen, als überzeugter Champagner-Trinker möchte ich kein Urteil abgeben) zu tun. Und im übrigen war das Arbeitsklima großartig. Das lag, man mag es mir vergeben, sicher auch an mir, denn daß ich ein annehmbarer Kumpel, Kollege oder auch Kontrahent sein kann, ist unbenommen.

Die Firma war auch für meine Begriffe riesig. Es gab rund 120 Mitarbeiter, und das Fahrerlager war ansehnlich. Ich versuche das ein wenig zu erklären.

Zum Betrieb gehörten eine Schnapsbrennanlage - die eigentlich das stets klopfende Herz des Unternehmens war - und eine Abfüllanlage für unseren Saft. Rund 120 Mitarbeiter, wie gesagt, die verteilten sich auf alle Bereiche.

Die Fahrerabteilung bestand aus einer Art Büroetage, in welcher sich je zwei Fahrer ein Büro teilten. Nicht so ganz im kaufmännischen Sinne mit den von den Gewerkschaften mühsam erstrittenen erholungsfähigen Möbeln, sondern eher spartanisch eingerichtet. Da machte jeder Verkaufsfahrer seinen Kram, das heißt, er stellte seine Routen und Mengen nach Schnauze und Gefühl zusammen. Dann stapelte er 250 Kisten Gesöff auf seinen LKW und fuhr die Kunden ab. Das Geld kassierte er sofort. Und abends stapelte er dann die übrig gebliebenen Kisten, rechnete kurz nach, wie viele fehlten und zählte für jede fehlende Kiste den Betrag zusammen. Das bündelte er und trug es zur Buchhaltung. Nachgesehen, nachgezählt, in Ordnung, bis dann ...

Mit solch einer Konzeption frei Schnauze konnte man sicher oft zurechtkommen, aber es war eben wirklich kaufmännisch kaum einsehbar. Das fiel mir, dem grünen Beifahrer, sofort auf, und ich sann auf Abhilfe. Wohlgemerkt, neunzehn stolze Jahre alt war ich damals, und meine Erfahrungen im Gewerbe eher gering. Ein Jahr später war ich Fahrer, arbeitete nach dem neuen Konzept und verdiente rund 2.500,-- DM plus 500,-- DM Zulage - für damalige Verhältnisse und mein Alter eine traumhafte Summe. Auch heute träumen die meisten Arbeitnehmer noch davon. Damals war es unglaublich.

Ich hatte damals auch richtiges Glück, in mehrfacher Hinsicht, obgleich ich einen Teil davon damals noch nicht erkannte, nicht erkennen wollte oder nicht erkennen konnte. Ein Teil war mein Ausbilder, derjenige also, der mich in die Höhen und Tiefen des Verkaufsfahrers einführte. Eine wirklich gute Ausbildung, viele kameradschaftliche Hilfen und der Beginn einer langen Freundschaft. Ich lernte aber recht schnell, und so kam es, daß ich im "zarten" Alter von knapp zwanzig Jahren der jüngste Vorverkäufer in Deutschland wurde. Das bedeutete mehr als heute jemand ermessen kann. Zur damaligen Zeit wurde Seriosität, das wichtigste Merkmal für einen vorzeigbaren Verkäufer, auch nach den Jahren bemessen - ähnlich wie die Güte geschlagenen Holzes nach den Jahresringen bewertet wird. Ich vergleiche das gern mit dem Bundesverdienstkreuz. Kaum jemandem leuchtet es ein, daß ein sehr hoher Prozentsatz dieser Dekoration damals in Bonn aufschien, unzählige Sekretärinnen der Dienststellen wurden damit beglückt, während in den übrigen Restteilen in diesem unserem Lande nur wenig Metallsterne nieder regneten. Das glauben Sie nicht? Wirklich nicht? Na also!

Aber zurück zum Kreuz. Das bekamen auch ältere Menschen, die langjährig zuverlässig im gleichen Betrieb gearbeitet haben. Also, sagt der Spötter in mir (den Sie zu Recht tadeln): Dafür, daß sie zu blöd und zu feige gewesen sind, den Job zu wechseln, um mehr zu verdienen, bekommen sie noch ein Kreuz. Zu dem, was sie täglich an den Schmerzen ohnehin bemerken.

Ich wurde also Vorverkäufer, eigentlich zunächst Springer. Das bedeutete, ich sprang jeweils ein, wenn einer der Stammfahrer krank war, Urlaub hatte oder sonst Lücken auftraten. Und ich sprang - und wie ich sprang. Mir stand ein VW-Bulli zu, mit dem ich zu Kundengesprächen lospirschte. Sachlich natürlich, aber auch aggressiv, wie es meine Art ist. Volldampf!

Ich marschierte häufig in die Weiheräume anderer Brausehersteller (Kneipen) und packte ein paar unserer Pullen aus.

„Vergleicht mal, ganz zwanglos", forderte ich die Zuständigen auf, „wir machen gerade eine besondere Aktion mit besseren Konditionen..." Andere, Kollegen und Neider, wären und sind neidisch geworden, meckerten und schämten sich, je nach Charakterlage. Und ich warb neue Kunden, machte Umsatz und kassierte natürlich auch Erfolgsprämien. Das machte mir nicht nur Freunde.

So zum Beispiel meine Marotte, rasch und zielstrebig zu arbeiten. Ich fuhr in eine Nachbargemeinde, die durch große Unruhen wegen Betriebsschließungen im Stahlbereich später von sich reden machte. Und ich hatte bis mittags meist meine Arbeit erledigt. Das hatten die meisten meiner Kollegen allerdings auch, wie ich fairerweise zugeben muß. Nur - ich fuhr dann zum Betrieb zurück, da die Kunden in der Regel von 13-15.00 Uhr geschlossen hatten, und man nicht arbeiten konnte. Da warteten die Kollegen meist ruhig ab, bis die Läden wieder öffneten. Ich nicht. Und das schaffte böses Blut auf der einen und Lob auf der anderen Seite. Egal, die Zeit ging vorüber, und ich näherte mich der Selbstständigkeit, mehr durch Zufall und meine Lust, in der Sonne Urlaub zu machen, also nicht im Lande.

Damals war ich 22 Jahre jung, dynamisch und richtig hungrig nach Erfolg. Dieser mein Hunger sollte gestillt werden, wenn ich auch oft genug erst mal auf die Nase gefallen bin. Blessuren waren ohnehin mein Markenzeichen, denn mir wurde nichts geschenkt. Ich habe mein Leben lang hart gearbeitet, ich habe nie jemand anderen bewusst geschädigt, aber ich kämpfte eben um Kunden und konnte nicht nur zimperlich sein. Da war ich wohl nicht der einzige, wie zu vermuten ist. Und das Lehrgeld, das ich gezahlt habe, und die zusätzlichen Sorgen, die ich durch Unfälle und Krankheiten hatte, machten es mir nicht immer leicht. Aber ich habe nie aufgegeben, ich habe meine selbstverständlich vorhandene Angst immer in den Griff bekommen und habe Erfolge gehabt, von denen die meisten Menschen nicht einmal zu träumen wagen. So etwas passiert nicht durch ausruhen und abwarten, ganz sicher nicht. Ich bin oft bis an meine physischen Grenzen gegangen, und ich habe von meinen Angehörigen eine Menge erwartet und gefordert, manchmal wohl zu viel. Das ist eine andere Sache, eine andere Seite meines Lebens. Ich habe da viel unverdientes Glück gehabt, viele wunderschöne Tage und Stunden mit Frau, Tochter und Sohn. Dieses Glück kann mir niemand nehmen, und das ist etwas, das mich stark und fast unangreifbar macht. Wer liebt und dann auch noch wieder geliebt wird, der hat eine Stärke, die nicht in Mark und Pfennig zu rechnen ist. Auch nicht in Euro.

Jahre vorher, ich fuhr wie oft wieder mal munter nach Ibiza und verbrachte einen traumhaften Urlaub. Das lag nicht zuletzt daran, daß ich einen irren Typ aus Essen kennenlernte, der dort ein Lokal aufgemacht hatte. Ein Gartenrestaurant mit Livemusic und Remmidemmi - es knallte richtig. Zum Beispiel auch mit dem Verdienst. Der verdiente sich dumm und dusselig. Und sagte mir, wie er es gemacht hatte.

Zunächst eine Kneipe in Essen, dann ein bißchen mehr, schließlich mit dem Verdienst nach Ibiza und dort die Marktlücke gefüllt. Und das erlebte ich jeden Tag, ich bewunderte ihn dafür. Bis er mir sagte, daß ich das auch könnte. Dazu brauchte man Mut, müßte aus dem Angestelltenverhältnis raus und einfach etwas eigenes machen.

Inzwischen hatte sich meine familiäre Situation verändert, um es bei dieser Anmerkung zu lassen. Sie änderte sich ziemlich rasch wieder, ich war kein Mensch für das Alleinsein, bin es nie gewesen und werde es nie sein.

In Krefeld übernahm ich ein kleines nettes Lokal, das überraschend günstig zu betreiben war. Da müßte es doch Gründe gegeben haben, ich war allerdings zu blauäugig, um etwas zu wittern. Dafür witterte „etwas" mich. Im Laden, dem sehr netten Lokal, sammelte sich die Creme der Krefelder Nutten nebst Beschützern und Umfeld. Das war schon früher so, inklusive aller kleinen Belustigungen wie gewalttätige laute Auseinandersetzungen, mehr als Remmidemmi wie ich erst gedacht hatte, und mehr als die Familie ertragen konnte. Die damals sehr kleine Familie, zugegebener Weise, aber meine Frau war recht anspruchsvoll und wenig als Hilfe in schwierigen Zeiten zu verstehen. Die Zuhältergruppen wollten natürlich das Gehege auskämpfen, und ich stand in der Mitte.

Allerdings auch in der Mitte meiner physischen Kraft. Recht jung, im weitesten Sinne furchtlos und recht eindrucksvoll von Statur, konnte ich schon für Ruhe sorgen, wenn es denn nötig wurde. Es wurde, und das immer häufiger. Also blieb mir nur der Weg, den mir sympathischeren Teil der konkurrierenden Gruppen genehm zu machen. Das klappte auch recht gut, die weniger aggressiven, nichtsdestotrotz gefährlichen Zuhälter etc. versammelten sich mit ihren Schützlingen bei mir. Und wenn sich dann trotzdem noch der eine oder der andere der Gegnerschaft ins Haus verirrte, genügte ein mahnendes Kopfschütteln in Verbindung mit dem Vorzeigen eines Baseballschlägers, um die Ruhe zu garantieren. Nach einem halben Jahr war es dann geschafft, wir hatten aus unserem Lokal einen ruhigen gemütlichen Treff gemacht, wenn man eben solche Leute treffen will. Schon zu Beginn hatte mich gewundert, daß die Brauerei ohne weiteres an mich lieferte, bald war mir aber klar, daß sie glücklich waren, überhaupt einen Trottel gefunden zu haben. Obwohl es nicht mehr so schlimm war wie anfangs, sah ich mich um und wurde fündig. Ohne Reue schüttelten wir den Staub Krefelds von unseren Sandalen und zogen um nach Wattenscheid, wo wir eine recht ordentliche Kneipe entdeckten und in Besitz nahmen. Da kam mir dann die erste innovative Idee, und die auch mehr durch Zufall.

Zum Lokal gehörte eine Wohnung, und es gehörte auch dazu, daß wir Lokal und Wohnung renovieren mußten. Nicht nur mit gewerkschaftlich organisierten Fachkräften. So ergab es sich häufig, daß ich abends, nach 12 und mehr Stunden Wulacherei, mit den Helfern essen ging. Mach' das mal in Wattenscheid oder sonst irgendwo. Die Griechen und Jugos schütteln ab 11.00 Uhr abends die Köpfe oder bieten nur noch Restbestände an, von anderen ganz zu schweigen. Du kriegst nichts zu fressen, wie der Volksmund wohl sagen würde.

Das war d i e Marktlücke.

Und ich beschloß, ein Abendlokal zu bewirtschaften, mit Küche, vor allen Dingen mit Küche. Das sprach sich in Windeseile rum, und wir hielten das Lokal die Woche über von abends bis gegen

3.00 Uhr in der Nacht geöffnet, am Wochenende auch bis 5.00 Uhr. Kaum Freizeit, aber ein Bombengeschäft. Klar, welche d e u t s c h e Familie ist heute noch in der Lage, zu zivilen Preisen ein Speiselokal, und das noch nachts, zu unterhalten? Wir waren es, wir waren ja noch jung und unverdorben. Es schlauchte und erschöpfte. Doch es brachte Geld und Zustimmung und Erfolg und ... irgendwann war die Flamme aus. Es kam dazu, daß meine Frau Heimweh hatte, nicht mehr im Ort leben wollte, und außerdem zeigte sich, daß die Wohnung über der Gaststätte wirklich keine gute Idee war. Es gab einfach keine Trennung von Privat und Arbeit. Das war im Mittelalter, in der Zeit der richtigen Gasthäuser verständlich, jetzt aber nicht. Außer der Tätigkeit gab es ja auch noch das Leben, und das wollte genossen werden. Wir gaben das Lokal auf, teils traurig, aber auf jeden Fall zur rechten Zeit. Doch die Warnung hatte nicht gereicht, ich übernahm in Geldern das "Haus R.", wie wir es mal nennen wollen. Es gab familiäre und gesundheitliche Gründe (auf die ich später zu sprechen komme), um den Ortswechsel vorzunehmen. Aber das neue Haus war wirklich eine Nummer größer. Es wurde noch größer, denn ich hatte es nach ein paar Wochen leid, für ein paar Rentner den ganzen Vormittag das Haus offenzuhalten, um vier Bier zu verkaufen. Denn Mittagstisch, das was ich mir eigentlich vorgestellt hatte, kam nur wenig zustande. Der Bedarf schien nicht vorhanden. Klar, manchmal gab es Gesellschaften, Veranstaltungen, die brachten was. Aber allgemein ... bis mir dann wieder eine Idee kam.

Ich bot den Mittagstisch für DM 5.- an. Bei Firmen, Vereinen, Heimen ... es lief wie am Schnürchen, ich konnte gar nicht genug ranschaffen. Dadurch entwickelten sich auch Kontakte zu rentableren Veranstaltungen, und wir hatten meist ein volles Haus. Das Geld strömte dahin, wo es gebraucht wurde - zu mir. Für die Veranstaltungen und überhaupt mußten jetzt feste Kräfte eingestellt werden, Bedienungen, eine Köchin. Es hätte mehr sein können, so brummte das Geschäft. Und meine Frau, ich meine, die brummte auch. Sie erreichte auf der nach oben geschlossenen Zickigkeitsskala die Wertung 10 plus, und das bewies sie mir.

Es war Kirmes im Dorf, alle Tische vorbestellt, ein Heidengeschäft mit unglaublich viel Arbeit. Und am Tag davor sagte mir mein holdes Weib, daß sie eine Auszeit brauchte, sie müsse sich ein paar Tage ausruhen, wollte zu ihren Eltern. Etwas konsterniert fragte ich, ob das nicht ein paar Tage später möglich wäre, jetzt gäbe es doch so viel zu tun. Ich konnte mit Engelszungen reden, Reisende kann man nicht aufhalten. Soll man auch nicht, dachte ich mir, als sie am nächsten Tag die Tür hinter sich zuwarf. Als sie vierzehn Tage später wieder vor der Haustür stand, war die für sie geschlossen, für immer.

Und ich hatte endlich wirklich begriffen, wo mein Glück lag, ich hatte meine Traumfrau, na ja gefunden kann man nicht sagen, wir kannten uns ja schon lange, aber eben bekommen. Ilse, die meinem Leben ein Sinn gab, war zu mir gekommen, zu mir gezogen.

Natürlich hatten wir schon jahrelang freundschaftliche Kontakte, trafen uns - mit Partnern - mal zum Schlucken oder sahen uns beim Bäcker oder Friseur. Und immer war da etwas, das mich beunruhigte, was mich kitzelte und nervös machte. Natürlich könnte ich sagen und schreiben, daß es sich nur um hehre Liebe und Anbetung handeln würde. Aber das wäre ja nicht ganz wahr, ach Scheiße, das wäre komplett gelogen. Es war auch Begehren, sexuelles Träumen, und es war all das, was Männer und Frauen verbinden kann. Nämlich die Liebe und die Anbetung auch, es stimmte einfach alles. Ich hatte nur nie geglaubt, daß es bei ihr auch so sein könnte. Deswegen die langen Jahre in Unruhe, die verschiedenen, hoffnungslosen Verbindungen, es war eine in jeder Hinsicht verlorene Zeit.

Sie hatte sich von ihrem Partner getrennt, eine eigene Wohnung bezogen, und wir trafen uns mehr zufällig. Im Bistro leerten wir 1 1/2 Flaschen Metaxa (das kann der geneigte Leser, das kann die anbetungswürdige Leserin wirklich glauben), vermengt mit einer Unmenge Cappuccino. Es war schon eine fortgeschrittene Zeit, als wir uns trennten, denn ich mußte ja mein Lokal öffnen. Und sie wollte auf eine Party. Das wollte ich auch, aber erst ab 2.00 Uhr in der Früh. Wohlgemerkt, ich schreibe nicht mehr nachts, denn die Zeiten müssen unterschiedlich beschrieben sein. Wir waren uns einig: Für immer. Aber es dauerte eine lange lange Zeit. Die Scheidungen nahmen uns zwei Jahre - ach was, wir waren ja zusammen, und es war alles wunderbar. 1981 kam unser Sohn Dennis zur Welt, das größte Glück der Eltern. Ilse brachte eine Tochter mit in die Ehe, das Licht der Familie. Wer mich so schwärmen hört (oder liest), glaubt, ich würde übertreiben. Mitnichten, so war es von Anbeginn in unserer Beziehung, und so ist es noch heute - wo Tochter (jawohl!) und Sohn bereits erwachsen sind. 1983 endlich heirateten wir.

Was soll's, es gab etliche unschöne Dinge, bis wir alles im Griff hatten. Die früheren familiären Beziehungen waren wie ein Klotz an meinem Bein, und ich konnte mich nur mit vielen Mühen von all dem lösen. Aber die Mühen waren es wert, wie ich ja schon vorher betont habe. Volldampf voraus, auch hier war mein Motto durchaus hilfreich. Aber das war kein Ziel, kein Ergebnis für Bomben, Granaten oder Torpedos, das war mein Leben. Klingt ein bißchen egoistisch, ist es aber nicht. Ich weiß doch mehr als jeder andere, daß es nicht nur mein Leben war. Aber es ist auch ganz sicher, bombensicher!, daß man nur dann andere zufrieden machen kann, wenn man selbst zufrieden ist. Und „zufrieden" ist ein Hilfsausdruck, es muß g l ü c k l i c h heißen. Aber zunächst mußte das Alte abgewickelt werden. Es macht mir nichts aus, das so kaufmännisch zu sagen, denn wenn man enttäuscht und unzufrieden ist, dann kann man keine Rosenblüten mehr versenden. Dabei sei meiner Ex alles verziehen, alles und noch mehr, ich kann da absolut großzügig sein. Das, was sie mir ermöglicht hat, geht weit über das hinaus, was ich dann tat, tun mußte.

Ich überschrieb ihr Haus "R". Mögen mich manche auch für bekloppt halten, aber weg mit Schaden. Das war nicht mehr mein Leben, alles was früher war, ist erledigt. Ich lebe neu, eigentlich beginne ich erst richtig zu leben. Da es sich dabei um ein turbulentes Leben handelte, mit einem Pampers-Rocker und einer schon mittelgroßen Tochter, das machte mir nichts. Wenigstens nichts belastendes, es war rundherum schön. Es ist rundherum schön.

Und das verdanke ich alles nur meiner Ilse.

Glaube keiner, daß ich sentimental bin. Jau, ich habe Gefühl, und ich bin gutmütig, soweit ich das übersehen kann. Aber sentimental sind nur Narren, die Glück nicht von „fetzig" unterscheiden können. Ich bin immer recht realistisch gewesen, konnte plus und minus gut unterscheiden. Und eine angebotene Begabung hat mich stets davon abgehalten, Menschen nach Bilanzmethoden zu unterscheiden. Kennen Sie das, sehr geschätzter Leser und hochverehrte Leserin, wenn einem selbst beim Niederschreiben von netten Zeilen ein wohliges Gefühl den Rücken rauf- und runterkriecht? Nicht?

Dann stellen Sie sich mal das Gefühl vor, das man empfindet, wenn man spürt, daß eine Wespe unter dem Hemd den Rücken hochkriecht. Kapiert? Genau das meine ich nicht, aber jetzt stellen Sie sich davon mal das Gegenteil vor! So unterschiedlich kann kribbeln sein.

Natürlich freute mich auch, Eitelkeit ist verzeihlich, daß jeder nachdenklich und neidisch auf uns als Paar sah. Wenn ich, wer war ich denn schon, mit dieser Frau zu einer Gesellschaft ging, irgendwo beim Essen war oder einfach spazierenging. Alle Blicke konzentrierten sich auf uns, wenigstens kam es mir so vor, und so war es auch häufig. Wie sie ging und stand, Ilse war der Mittelpunkt. Ach was, ist der Mittelpunkt, auch wenn man sehen muß, daß wir nicht mehr so ganz schrecklich jung sind, eigentlich jenseits der Knackigkeitsgrenze. Aber es gibt eben Ausnahmen, einige wenige. Sie ist eine davon, nicht zeitlos, aber überwältigend.

Und das mit einer bereits (fast) verheirateten Tochter, und, o Schreck, auch unser gemeinsamer Sohn ist schon erwachsen. Na ja, wenigstens nach den Papieren, sonst ist er immer... schreibe ich lieber nicht, er hört das nicht gerne.

Mann bleibt Mann, sieht sich nach anderen um und ist auf keinen Fall treu. So sehen das wenigstens die Emanzen. Lachhaft, die kennen eben keine richtigen Männer, sondern nur das, was sie sich als Männchen halten. Bei uns war das ganz anders. Ich war eifersüchtig wie ein Löwenpascha!

Hat sie nicht eben wieder einem Kerl zugelächelt? Was kuckt der alte Bock da wieder so anzüglich? Jetzt redet die schon stundenlang mit diesem aufgeblasenen Gockel. Und der Kerl da, den sie eben so herzlich gegrüßt hat, dieses schiefe Monstrum, was will der denn ...? Kennen Sie nicht, haben Sie nie empfunden? Sie Ärmster!

Ich habe es empfunden, nicht nur tagelang, sondern wochen-, monatelang. Eigentlich sogar einige Jahre. Es war mir unbegreiflich, daß ich einem Menschen wirklich vertrauen konnte. Sie büßte dafür, daß ich so oft enttäuscht worden war, daß man mein Vertrauen so oft mißbraucht hatte. Das geschieht allen wirklich guten Menschen, daß sie für andere leiden müssen, und alle guten Menschen zeichnen sich dadurch aus, daß sie das verstehen. J E T Z T verstehe ich das auch! Da gab es in unserer Straße einen sehr alten, sehr reichen Mann, der hatte einen Narren an meiner Frau gefressen. Hol ihn der Teufel, dachte ich, aber das war nicht ganz nett von mir. Wollte es auch nicht sein. Jeden Abend, wenn sie nach Hause kam, stand er schon irgendwo am Zaun herum und lauerte darauf, gegrüßt zu werden. Wirklich, das genügte. Wenn sie auftrat, schien die Sonne. Braungebrannt, ziemlich körperbewußt, und vor allem kumpelhaft. Nicht etwa plump, wie es die Kumpels eigentlich sind, sondern vertrauensvoll-vertraut. Das kann man nicht lernen, das hat man. Eine Gabe, die an einen Einzelnen wohl verschwendet wäre. Aber verstehen Sie das mal, von Anfang an. Es ist ein langer Prozeß, und ich schildere das so genau, damit jeder Leser (hier: Jede Leserin!) sich in mein Empfinden hineinversetzen kann.

Sie lachte mit jedem. Wirklich mit jedem, wenn er noch so mies aussah. Und für mich sahen natürlich alle noch viel mieser aus, als sie in Wirklichkeit waren. Auch das kennen Sie sicher, ohne es zu registrieren: Ein Hund liebt seinen Herrn, sei er auch noch so krumm und häßlich und stinkend und so weiter. Er liebt ihn, und jeder findet das nett. Aber das soll kein Vergleich sein! Nur: Sie mochte alle Menschen, sie hatte ein ehrliches, großes Herz. Und verzweifelt schreibe ich immer die Vergangenheitsform; es ist immer - noch -- so.

Natürlich weißt Du, Ilse, das alles, aber ich schreibe ja auch für andere Menschen, und die sollen meine Sichtweise sehen. Bestimmt wärest Du realistischer - und bescheidener - aber für mich sieht es nicht nur so aus, sondern ist es s o !

Sicher bin ich kein alter Mann, ganz sicher sogar nicht, denn ich habe noch so viel vor, daß ein junger (Mann), ein ganz junger, das kaum packen wird. Ich werde es schaffen, und dazu gehört neben meinen sicher vorhandenen Talenten noch etwas, das von Ilse kommt: Sie ist ein Jungbrunnen. Stellt man sich so etwas vor, denkt man an alte Krückenhumpler, die ins Wasser gehen und heraussprinten. Exakt so ist es auch, nicht immer, aber immer öfter.

Ich erinnere mich an ein Seminar in Altötting. Na ja, Urlaub, wie ihn ein Worcaholic wie ich eben verbringt. Und sie hatte Zeit, sich nach ihren Vorstellungen umzutun. Was geschah?

Schon am ersten Abend traf ich sie, wie sie aus einem Altersheim herauskam, umringt von einem halben Dutzend Menschlein in der mindestens dritten Jugendblüte, die immer wieder fragten, wann sie denn wiederkommen würde.

Und daß ich noch lebe, so viele Wünsche habe und so viele Pläne, auch das ... Ich glaube, ich muß ein wenig aufhören, sonst wirkt das übertrieben. Ist es aber nicht, Indianerehrenwort!

Einige Zeit gehörte zu unserer Familie Donjo, ein riesiger Beauvier, der, natürlich, auch nur zu halten war durch eben na ja oder wie soll ich das schreiben, also war nur zu halten... Ach, der geneigte Leser weiß es jetzt schon ebenso wie die hochgeschätzte charmante Leserin. Dieses Viech war derart eifersüchtig, daß ich dagegen wie ein Ausmaß an Toleranz wirke. Wir haben Abrichtungen, ich glaube drei oder mehr machen lassen, sein Ziel war nach wie vor der Kehlsprung. Heute müßte er wohl Maulkorb und Knebelkette tragen, immer angeleint sein etc. Ein Hundeleben. Aber dieses Biest, ich meine das ganz liebevoll, betrachtete sogar mich als naturgegebenen Rivalen. Einmal griff er mich derart rabiat an, daß ich ihn gewaltig vertrimmte. Das kleine filigrane Wesen gegen die geballte Manneskraft der Natur - und er ließ es sich selbstverständlich gefallen. Weil Ilse in der Nähe war, auch einer von denen, die ihr aus der Hand fraßen ... es war so, daß man sich vorstellen muß, wie sonnenhungrig unsere Ilse ist. Sooft sie kann, und so oft es geht, liegt sie am Pool, um Luft und Sonne zu genießen. Sie schafft es auch, das ganze Jahr über braun gebrannt und gesund dazu zu wirken. Ilse lag also in ihrer Liege am Pool, und ich begrüßte meine schwangere Frau (hier steht eigentlich, wie, aber diese Stelle wurde wohl von der Zensur gestrichen ...). Dann kam Donjo mit gewaltigem Sprung und besitzergreifendem Knurren, um mir an die Kehle zu gehen. Irgendwie wurde das verhindert, und es folgte die erwähnte pädagogische Primärmaßnahme. Damit war alles aber nur vorläufig zu Ende. Später gingen wir ins Haus, und dort konnten wir dann aus dem Fenster beobachten, wie Donjo mit Knurren und Keifen m e i n e Liege zerlegte, aber so etwas von zerlegte... Die Einzelteile hatten später auf kleinstem Raume Platz.

So sehr er zu uns gehörte, als das Baby, unser Dennis, erwartet wurde, mußten wir uns von Donjo trennen. Lange Zeit bewachte er dann das Gelände einer Auto-Richtfirma, und gnade der Gott aller Caninen demjenigen, der ungebeten hereingekommen wäre. Leider fand Johann, der Besitzer und Freund der Familie, ihn eines Tages vergiftet vor.

Nun ja, wir hatten uns auch eine neue Wohnung beschafft, denn die Familie sollte ein behagliches Umfeld haben - und der Nachkomme eben ein solches Ambiente finden, wie es eines Kronprinzen würdig ist. Trotzdem blieben wir nie tierlos. Dazu wieder ein Beispiel: Eines Tages bekamen wir Mäxchen (Mäxken). Das schreibt sich so einfach, war aber viel komplizierter. Unser roter Kater Leopold war eines Tages überraschend verschwunden, und Ilse machte die ganze Welt munter, um das Tier wiederzubekommen. Dann hörte sie im Lokalfunk, daß ein roter Kater (Mann, wie haben wir an Leopold gehangen; er wurde ja von der Mutter verstoßen und liebevoll mit der Flasche großgezogen), in dem sie unseren zu erkennen glaubte, mitten in der Gelderner Innenstadt, ca. 5 km von uns entfernt, gefunden wurde, der wohl unser Leopold hätte sein können. Sofort fuhr Ilse zu der angegebenen Adresse, merkte aber auch gleich, daß es nicht unser Leopold war. Und hatte sich vom ersten Augenblick an in Mäxken (so nannten wir ihn später) verguckt. Es gab ein langes Gerede und Gefeilsche, schließlich bekam sie den Kater mit dem Hinweis, daß sie ihn, wenn die tatsächlichen Besitzer sich mal melden würden, zurückgeben würde. Großes Ehrenwort!

Kaum aus dem Haus, war das natürlich nichts mehr wert. Das ist meiner, hol der Teufel alle anderen Besitzansprüche. Außerdem meldet sich nach so langer Zeit der wirkliche Besitzer nicht mehr. Ganz sicher nicht.

Tat er doch.

Drei Wochen später wurden wir angerufen, sie hatte als ehrliche Haut natürlich für den Fall der Fälle die (richtige) Telefonnummer hinterlassen (hier ähneln wir beide uns weniger, meine Liebe). Und per Telebimmel meldeten sich die Besitzer. Sie hätten vor drei Wochen die Katze verloren, wären dann in Urlaub gegangen und wollten nun ... Zu spät, die gehört jetzt zu uns, und überhaupt, wer ein Tier drei Wochen unbeaufsichtigt läßt hat keine Rechte mehr.

Haben wir doch!

Habt ihr nicht!

Dann gehen wir zur Polizei, zum Ordnungsamt, zum Tierschutzverein und so weiter.

Macht das nur, viel Spaß, wir gehen nämlich auch! Noch nie hatte ich sie so kämpferisch erlebt. Und es gab Kampf, bis auf die Kralle. Schließlich bekam Ilse Recht: Wer sein Tier drei Wochen lang sozusagen aussetzt, hat sich sogar strafbar gemacht, also? Na gut, behaltet den Stinker. Tun wir, herzlichen Dank. Und Mäxken gehörte zur Familie. Anders hatte er es auch nie erwartet.

Jetzt hatten wir also ein weiteres Familienmitglied adoptiert. Nicht daß er unsere einzige Katze gewesen wäre, weiß der Schinder, Krallenviecher gab und gibt es immer bei uns. Der hatte aber so einige Eigenarten, die bei den schon ohnehin als selbstsicher verschrienen Ex-Raubtieren (Ex? Na ja ...)noch ungewöhnlich waren. Alle Katzen lieben die Wärme, die Ruhe, und in Maßen auch den schmeichlerischen Kontakt zum jeweiligen Rudelführer, dem Dosenöffner oder, vulgär ausgedrückt, dem Menschen. Wobei sich, was das Kraulen betrifft, durchaus auch ein Wechsel zum jeweils Kraulbereiten nicht ausschließen läßt.

Sieh da, auch Mäxken hatte diese Haltung, aber nicht nur die. Ruhe bedeutet, kein Lärm, kein Kinderkrach und keinerlei Radau wie z.B. durch überlaute Musik. Alle unsere Krallenträger verschwanden rasch, wenn der Stereoapparat losdröhnte. Alle? Mäxken bekam gar nicht genug, je lauter die Musik dudelte, um so näher kroch er an den Lärmerzeuger heran. Am liebsten wäre er wohl ganz hinein geklettert. Dann rollte er sich behaglich zusammen, in Kontakt zum Apparat, und schnurrte mit diesem um die Wette. Was wohl ein Katzen-Therapeut dazu gesagt hätte.

Der in mir schlummernde Katzenpsychiater sagte dazu einfach: So iss er eben, der paßt zu mir.

Wenn auch, wie sicher nicht erklärt werden muß, seine ganze Liebe auf meine Frau konzentriert blieb.

Ich muß immer wieder darauf hinweisen, daß neben der Katzenbetreuung ja auch noch andere Sachen liefen, der Erwerb des Lebensunterhalts zum Beispiel. Vor allem aber liefen und krabbelten auch zweibeinige Wesen um uns herum.

Da war und ist und bleibt Dominique, die damals gerade sechs Jahre alt war. Natürlich gab es erst mal das nötige Beschnuppern, wir mußten uns schließlich kennenlernen. Und es ist nicht einfach, geneigter Leser und verständnisvolle Leserin, wirklich nicht.

Aber sie war ja Ilses Tochter, und vieles hatte sich bei ihr auch geprägt. Wir verstanden uns bald bombig, und ich kann immer noch nicht fassen, daß ich solch ein Glück hatte. Dieses mittelgroße Mädchen war meiner Frau sehr ähnlich, optisch sowieso. Sie trug bereits sehr lange blonde Haare, war von Statur wie eine jüngere Ausgabe Ilses und hatte etwas, das anders war. Dominique wirkte scheu - was sie nicht war - und zurückhaltend, was sie wirklich war. Es gäbe so viele schöne Geschichten zu berichten, aber sie ist erwachsen, fast verheiratet bei Drucklegung. Kindergeschichten von einer Dame von 170 cm mehr als passabler Größe und so weiter zu erzählen, könnte leicht uncharmant sein. Also lass' ich es lieber .

Dominique machte eine Ausbildung als Steuerfachgehilfin und kann durchaus eine Menge Hilfe für unsere familiäre finanzielle Entwicklung geben. Das ist doch sicher auch etwas, das Freude machen soll. Tut es, ich freue mich täglich darüber.

Sie wird sich wie ihre Mutter entwickeln, über die ich vielleicht für die wenigen, die sie nicht kennen, noch ein kleines bißchen zur Vorstellung schreiben sollte.

Ilse ist nicht ganz so groß, knapp hundertsechzig Zentimeter, hat lange rötliche Haare ... falsch, das war ja damals, aber davon handelte die Geschichte ja zunächst.

Diese Haare sind mittlerweile durch eine Art Wunder erblondet, immer noch lang und vor allem immer noch passend. Passend zu ihrem sportlichen Typ, zur braunen Haut und zu ihrem kameradschaftlichen, gastfreundlichen Verhalten. Dabei ist sie vor allem fleißig wie eine Biene. Ich bin sicher, wenn ich sie frühzeitig mit meinen Problemen eingebunden hätte, wäre manches nicht passiert. Ingne vita - durch Feuer zum Leben. Wir werden schon gemeinsam das aufbauen, das wir verdienen. Und dazu gehört natürlich auch das Verdienen an sich ...

Tja, wenn ich mal durchstarte, dann immer mit voller Kraft. Das bezieht sich auf mein ganzes bisheriges Leben und wird sich garantiert auch auf die nächsten - na, nehmen wir mal an, daß die Gen-Technik weitere „Wunder" wirkt - hundert Jahre beziehen. Dazu gehört naturgegeben auch mal das Verlieren. Das versteht sich. Aber warum, um alles in der Welt, mußte ich so oft geschlagen werden? Selbst Pharao kam mit sieben Plagen aus, und der legte sich immerhin mit Moses an. Na ja, mit mortalem Ergebnis schließlich, aber was für ein Finale: Das Rote Meer schloß sich über ihm. Also auch jemand, dem der Begriff „Volle Kanne" jetzt etwas sagen würde.

Sieben Plagen reichten mir natürlich nicht. Natürlich? O-kay, nehmen wir meine Sturm- und Drangehen, die mich vor meiner Ilse überfielen, einmal raus, so bleibt noch eine Menge. Und wenn ich das mit einem mehr lachenden als weinenden Auge schildere, dann nur deshalb, weil es mir so vorkommt, daß irgendein Schutzengel zwar manchmal unaufmerksam war, aber im Gesamten doch sehr erfolgreich. Wenn jemand Glück im Unglück hatte, dann wohl ich.

Das begann schon in frühester Kindheit, ich war eben ziemlich frühreif. So ging ich ergriffen im zarten Alter von sieben Jährchen zur Ersten Heiligen Kommunion. Zwar verstand ich noch nicht alles, was da gesprochen und zelebriert wurde, aber meine Freude und mein Stolz waren fast schon ausgewachsen. Und so bekam ich auch noch, Riesenfreude, von meinem Patenonkel ein Fahrrad geschenkt. Klar, heute hat das jeder Bönsel, aber damals ... Voller Stolz fuhr ich, mit meinem kleinen Bruder im Gepäck, von Kapellen aus über die Landstraße. Ein Naturtalent wie ich muß nicht lernen, das kann. Genau wie später das Autofahren. Auf der Landstraße stand ein LKW-Hänger quer. Neugierig wie alle Kinder pirschte ich mich ran. Und fuhr mit Schwung gegen die Kupplungsgabel, was zu einem weiten Satz auf die Straße führte. Dort traf ich dann, für beide Teile völlig überraschend, den evangelischen Pfarrer von Geldern! So wurde ich früh in die Religionskämpfe auch in diesem unserem Lande eingeführt. Besser eingeflogen, denn ich flog mit reifer Leistung durch die Windschutzscheibe. Die Behandlung im Krankenhaus überstand ich heldenhaft. Trotz weiterer Operationen blieben wohl Splitter vom Glas in meinem Kopf zurück. Böse Zungen behaupten, darauf wäre ein Teil meines Verhaltens zurückzuführen, immer noch. Na ja, wie gesagt, das sind böse Zungen. Dabei war ich immer ein lieber folgsamer Junge, wenigstens meistens. Außer wenn ich mal mit 12 Jahren Kirschen klauen ging. Das war damals noch eine läßliche Sünde, heute werden Jugendamt und entsprechende Gerichte eingeschaltet. Ach ja, die guten alten Zeiten. Wenn auch diese ganz spezielle wohl doch nicht so gut war. Auf der Flucht vor den Besitzern rutschte ich in einen Stacheldrahtzaun und erwarb mir eine Reihe von Narben im linken Bein. Die melden mir noch heute immer prompt, wenn sich das Wetter ändert. So hat alles auch sein Gutes.

Fast alles, denn mit 13 Jahren stolperte ich mal in eine Böschung und ... ach was, es gibt wichtigeres und folgenschwereres zu berichten. Wenn auch manchmal nur mit Fachbegriffen, wie der geneigte Leser und die entzückt-entgeisterte Leserin zugestehen werden. 1976 ergab sich eine gemeine Operation wegen eines Anal-Abszesses. Als wenn das nicht reichte, legte ich noch 1977 eine Anal-Fistel nach, die auch zur allgemeinen Begeisterung entfernt wurde. Jeweils drei Wochen durfte ich die Klinik in Geldern belegen. Und ich dachte schon, das wäre schlimm...

Et gifft kein schlimmer Leid as dat, wat der Mensch sich selbst andeit!

Mittlerweile hatte ich ja Karriere gemacht, und die drückte sich auch in meiner Motorisierung aus. Also bestieg ich 1984 mein Mercedes-Cabrio 350 SLC und fegte über die Landstraße. Hatte ich schon erwähnt, daß ich eine Kleinigkeit zu mir genommen habe? Na ja, die Fachleute registrierten später, viel später, einen Alkoholgehalt von 2 Promille. Die Straße war ar... popoglatt, was mich nicht daran hinderte, stolze 170 km vorzulegen. Allerdings nicht sehr lange. Bei minus 20 Grad lockerte ich die Fahrordnung und riß den ersten Baum um. Eine gnädige Ohnmacht packte mich, und so erfuhr ich erst später, daß ich herausgeschleudert wurde, weil ich vorschriftswidrig nicht angeschnallt war. Das rettete mir zum wiederholten Mal das Leben. Der Wagen riß einen anderen Baum um, überschlug sich mehrmals und blieb dann auf dem Dach liegen, ohne - wie in amerikanischen Filmen üblich - in Rauch und Flammen aufzugehen. Es war eben ein deutscher Wagen, Qualität.

Quetschungen, Prellungen, multiple Brüche, und mein linker Fuß war, in damals supermodernen und superteuren Camel-Stiefeln steckend, fast abgerissen. Das bemerkte ich allerdings noch nicht, da ich gerade dabei war, zu erfrieren. Man erinnere sich: Minus 20 . Ich lag da wohl mehrere Stunden, bis mich ein aufmerksamer Kraftfahrer fand und für meine Rettung sorgte.

Im Krankenhaus wachte ich auf, blieb sehr lange, denn in einer unglaublich aufwendigen Operation wurde mein Trümmerbruch am Bein in Ordnung gebracht. Nach vierzehn Wochen wurde ich auf eigenen Wunsch aus der Klinik entlassen. Auf Krücken, versteht sich, und mit Unmengen Metall im operierten Fuß. Die Auflage war flehentlich: Auf keinen Fall auf das operierte Bein stützen. Selbst wenn ich fallen sollte müßte es auf die andere Seite sein. Lieber das andere Bein brechen oder alle möglichen Arme etc., aber auf keinen Fall diesen Fuß belasten. Wie heißt es in unserer an Metaphern so reichen Sprache: Man soll es nicht beschreien. So kam ich also glücklich humpelnd an unserem Bungalow an. Es war feucht draußen, und ich natürlich supervorsichtig. Die Heimat hat mich wieder, Sesam, öffne Dich! Tat es, und durch die Haustür schritt ein stolzer Wolfgang, na ja, er humpelte eben. Aber stolz war doch, das sah man, als er sich gleich an der Tür krachend fallen ließ, auf das kranke Bein, versteht sich. Blaulicht, Krankenhaus, sofort geröntgt. Und da hatte wohl der Schutzengel im letzten Augenblick noch eingegriffen, nichts gebrochen, nur verstaucht. Aber teuflische bestialische Schmerzen. Tagelang, wochenlang. Ich hatte mich mit einem Schongipsverband wieder auf eigene Verantwortung entlassen lassen, da ich kein Weiß mehr sehen konnte.

Nach drei oder vier Wochen war mein Fuß derart blau angeschwollen, daß ich freiwillig das Krankenhaus aufsuchte. Keine Sorge, das ist normal, machen Sie sich man keine Gedanken, lassen Sie den Gips und vertrauen sie auf die Heilkräfte der Natur.

„Wenn Sie den Gips nicht ablösen, fahre ich in die Firma und laß' mir das Zeug von einem Monteur aufschneiden", sagte die wache Stimme des Verdachtschöpfers. Nach langem Zögern wurde mir der Gefallen getan. Unter dem Gips hatte sich eine fünfmarkstückgroße Eiterbeule gebildet, die sich ständig rieb und verfestigte. Aufschneiden, desinfizieren, und das wochenlang, jeden Tag ins Krankenhaus. Und einmal traf die Schere der Krankenschwester auf Metall. Blickkontakt der Dragonerin zum Arzt, gemeinsamer Ausgang, und man kam mit dem Chefarzt wieder. Knochenentzündung, wenn es nicht sogar Knochenfraß ist. Dann muß das Bein amputiert werden. Amputiert!

Das war zum Schreien, und ich schrie. Niemals! Na gut, wir werden das dann eben operieren, keine Sorge, das kriegen wir schon in den Griff. Und dann entfernen wir das Metall auch gleich aus dem Fuß, in einem Aufwaschen. Mir schwante Böses. Der OP-Termin wurde festgelegt. Wieder wachte der Engel, diesmal in Gestalt von Mehrarbeit, und so kam ich zu spät zum OP-Termin, man hatte mich bereits wieder von der Tagesliste gestrichen. Kommen Sie am besten am Donnerstag wieder, dann gehen wir die Sache an. Ich schlich ergriffen aus dem Haus, wieder eine kleine Verschnaufpause. Und die Angst, die immerwährende Angst, daß etwas Schlimmes kommen würde. Da rief mich ein Bekannter an. Bei dem hatte ich einen Porsche bestellt, der jetzt natürlich erst mal anderweitig verkauft wurde. Aber der hörte meine Geschichte und sagte prompt, er wüßte da eine bessere Möglichkeit. Man hatte mich nämlich schon genötigt, gegebenenfalls in eine Amputation einzuwilligen. Und dann als junger Mann zum Krüppel zu werden. Wieder meldete sich der Schutzengel. Mein Bekannter kannte einen persischen Arzt, der sozusagen d i e Kapazität in Fällen wie meinem wäre. Sofort hin, der sah sich den Schaden kopfschüttelnd an und sagte, das wäre wohl die dümmste Idee überhaupt, aus einem entzündeten Körperteil mit aufwendiger Operation Metall zu entfernen. Wir machen das so - Sie bleiben sofort hier, wir legen den Fuß hoch und nach acht Tagen, wenn sich der Klumpen wieder in eine Art Körperteil verwandelt hat, operiere ich. Gesagt getan, er legte noch eine Antibiotikakette in die OP-Stelle und sagte, wenn die sich in 18 Tagen grün-blau verfärbt hätte, würde er eben amputieren. Wenn sie rosa bliebe, nicht. Sie blieb rosa!

Juchhu. J U C H H U !!!

Das Bein war gerettet, ich blieb noch einige Wochen im Krankenhaus und humpelte dann, auf eigene Verantwortung, wieder nach Hause.

Bleibt nachzutragen, daß ich das Krankenhaus in Geldern wegen des "Kunstfehlers" verklagte. Später habe ich das dann wieder zurückgezogen, nur der Anwalt hatte etwas davon. Reichlich. Und in meiner Firma war zwischenzeitlich das Chaos ausgebrochen, doch davon später. Erst gehe ich gnadenlos meine Leidensgeschichte durch, für den Fall, daß einer meiner geliebten Leser und geschätzten Leserinnen immer noch nicht genug Mitleid mit mir hat.

Das hat mir vor allem klar gemacht, daß nach dem Krähenprinzip jeder Versuch, gegen Mediziner etwas zu erreichen, fast unmöglich ist. Haben Sie - geschätzter Leser und Sie, verehrte Leserin, schon mal etwas von Ärzten gehört, die wegen eines Kunstfehlers (tolles Wort, nicht wahr, so wie "Entsorgungspark" oder "Kernkraftwerk" - so richtiges Neusprech nach Orwell, kombiniert mit dem Wunschdenken nach - Doppelplusgutmenschen - der political correctness) verurteilt wurden, ich meine so richtig mit Bestrafung und Knast? Kunstfehler bedeuten nämlich, daß entweder schwere oder aber gefährliche Körperverletzung begangen wurden, gern kombiniert oder mit Todesfolge, oder damit, daß der Tod billigend in Kauf genommen wurde. Verzeihen Sie meinen Exkurs, aber das mußte ich mal loswerden. Sie werden nicht bestraft, genauso wenig wie Richter oder Staatsanwälte ... Das glauben Sie nicht? Dann überlegen Sie mal, wie viele Richter der Nazizeit oder aus der „DDR" bestraft wurden. Und wie viele wegen Schreibtischtaten in diesem unserem Lande? Wahrscheinlich machen sie keine Fehler, und außerdem: Was gestern Recht war, kann heute kein Unrecht sein (Ministerpräsident Filbinger, Marinerichter, der noch nach Kriegsende Todesurteile gegen fahnenflüchtige Matrosen verhängt hat). Was meinen Sie, wer über juristische Rechtsfehler urteilt? Richtig, Juristen, und eine Krähe ... Und wer, so frage ich mit erhobenem Zeigefinger, beurteilt ärztliche Fehler? Richtig! Heilen hat wohl doch etwas mit „Heil!" zu tun

So, jetzt ist das auch raus, kommen wir also wieder zum angedrohten Kern der Geschichte.

Nach rund anderthalb Jahren ging es mir schon wieder fast gut. Ich half, den Tennisverein in Hartfeld mit zu begründen, war aber an der aktiven Teilnahme dann doch gehindert. Warum wohl? Nun, es gab ein kleines medizinisches Problem. 1987 wurde ich mit Verdacht auf Blinddarmentzündung - der Fachmann, die Fachfrau, wissen natürlich, daß es sich a) um den Blindarm-Wurmfortsatz (Appendix) handelt, und daß b) 90 % aller derartigen Operationen unnötig, aber lehrsam für den auszubildenden Jungarzt, sind. Nun, ich wurde ins Krankenhaus geholt.

Ich kam also per Expreß ins Krankenhaus nach Moers-Kapellen, das mir schon ans Herz gewachsene Bethanien-Haus, und wurde zur Operation vorbereitet. Das verhinderte im letzten Augenblick der mehr zufällig aus dem Urlaub zurückkommende Chefarzt. Er stellt etwas anderes fest, cancelt die OP, läßt eine Computertomographie und eine Darmspiegelung vornehmen. Kein Karzinom, na also! Aber zu früh gejubelt, im Dünndarm wird ein chronischer Morbus Crohn festgestellt. Ersparen Sie mir und sich Einzelheiten, ich mußte auf jeden Fall jahrelang Cortison und andere Leckerchen nehmen.

1993, ich war damals schon längere Zeit beruflich in Leipzig, gab es ernsthafte Komplikationen. Ich wachte auf und konnte mich vor Schmerzen nicht mehr rühren.

Notarzt, mit Musik zum St. Georgs Krankenhaus in Leipzig, und unverzüglich wegen Verdachts auf geplatzten Blinddarm (Appendix) oder Leistenbruch oder anderes oder alles unters Messer. Das schnitt forsch in mich rein und holte ebenso forsch einen kindskopfgroßen schwarzen Tumor raus. Lähmendes Entsetzen, nur ich regte mich nicht auf. Ich lag ja in Narkose.

Darauf folgten natürlich Komplikationen, war ja bei mir auch nicht anders zu erwarten, obgleich ich meinte, damals schon, es hätte für ein Menschenleben gereicht.

Aus dem Dickdarm, dem 12-Finger-Darm und aus allen anderen relevanten Innereien entfernten die Fachleute befallenes Gewebe in deutlich meßbaren Mengen. Die Wunde wurde mit einem sogenannten Reißverschluß abgedeckt, und ich lag fünf Tage ständig immer wieder unter Vollnarkose, da der Reißverschluß ständig geöffnet wurde, um den Bauchraum zu säubern. Das reichte mir noch nicht, also zog ich mir eine Lungenentzündung zu und hustete dergestalt, daß die endlich befestigte äußere Naht dann auch aufplatzte ...

Also setzte ich auf Selbstheilung. Nachdem ich wieder einmal 12 Tage ohne feste Nahrung auf der Intensivstation vegetierte, wurde ich wütend. Trotzdem noch vier Wochen abwarten, dann spiegeln, wie wir Mediziner sagen, und es stellte sich heraus, daß ich zwar ein faustgroßes Loch im Bauch hatte, aber der Morbus Crohn verschwunden war. Absetzung des Cortisons. Hurra!

Zurück nach Moers, und nach vierzehn Tagen befand ich mich wieder in meinem ungeliebten Bethanien-Stift. Die fanden meinen verloren geglaubten Morbus wieder, und ich durfte noch lange die abgesetzte Medizin weiternehmen.

Und hatte, natürlich, eine Riesenwunde, auch durch die ständigen Operationen. Die Wunde heilte erst nach etwa 1 1/2 Jahren, ich durfte in der Zeit eine Art Korsett tragen.

Reicht Ihnen schon? Seien Sie versichert, mir reichte es schon s e h r lange!

Aber weiter.

Irgendwann war es fast in Ordnung, es gab nur noch eine nadelkopfgroße Öffnung an der Narbe, die etwas suppte - wie wir Oectrophologen zu scherzen pflegen.

Und eines Tages merkte ich, daß ich nach Scheiße stank.

Das Wündchen suppte bräunlich, ich geriet in Panik, und der herbeigerufene Arzt stellte fest, daß sich eine Fistel bis zum Darm durchgefressen hätte und dergestalt den Austritt der Fäkalien ermöglichte. Das allein war schon schrecklich, nein, das ist nur ein Hilfsausdruck, aber schlimmer war, daß das Krankenhaus in Moers eine Behandlung ablehnte. Die OP wäre zu riskant. Für die Ärzte! Und für mich? Sorry, mein Problem.

Also nach Essen, zur Krupp Stiftung. Die Jungs sollen ja stahlhart sein. Waren sie auch, in ihrer Ablehnung. Zu riskant! Dann zum Prosper Hospital nach Recklinghausen. Langes Zögern, dann der vage Hinweis, wenn ein Bett frei wäre ... wochenlanges Warten, kein Bett wurde frei. Täglich habe ich angerufen, voller Panik und Todesangst. Meine Anrufe nervten dort alle, aber es kam keine Einladung.

Wieder zum Hausarzt, und der verschrieb mir einen griechischen Arzt in Duisburg. Donnerstag war ich bei ihm, Freitag wurde ich eingeliefert, am nächsten Dienstag operiert. Ich hatte ausdrücklich verlangt, daß die gleiche Narbe „benutzt" würde, denn langsam glich mein BODY einer Kraterlandschaft.

Vier Stunden operiert, als ich wach wurde, war alles vorbei, und am nächsten Tag fühlte ich mich bombig.

Zwei Tage später hatte ich vierzig Grad Fieber. Der herbeigeeilte Facharzt stellte fest, daß sich entzündete Stellen am ganzen Oberbauch befanden. Eitrige Stellen, wie nett.

Es wurden vier oder fünf Drainagen gelegt, damit der Eiter zügig abfließen konnte. Dadurch konnte der Bauch schneller wieder zuwachsen. Wenn auch nicht ganz schnell.

Nach etwa fünf Monaten war der Krater geschlossen. Ich bekam die üblichen Medikamente in handelsüblichen Mengen, auch, ich erwähnte es noch nicht, das Morphin Valoron. Zur Schmerzlinderung. Ich bekomme es heute noch. Die Drogenszene beneidet mich lauthals. Und dann besuchte ich das Evangelische Krankenhaus, die stellten einen Bruch der Bauchdecke fest. Muß sofort operiert werden. Dort versammelten sich nämlich die Bauchdecken-Spezialisten. Es gibt Spezialisten für alle Fachbereiche, Sie würden brüllen vor Lachen wenn ich alle aufzählen sollte.

Aber zunächst brüllte ich. Ich wollte keine OP mehr, eigentlich nie mehr! Man könnte eine künstliche Bauchdecke einsetzen, das würde alle Probleme lösen. Hatte ich so etwas nicht schon einmal gehört? Auf jeden Fall habe ich aus Sorge diese OP noch aufgeschoben. Das darf nicht darüber hinwegtäuschen, daß ich ganz der ALTE geblieben war. Nicht an Jahren, das ganz sicher n o c h nicht, aber im Tun und Handeln.

Ich hatte vorhin erwähnt, daß in meiner Firma das Chaos ausgebrochen war. Na ja, eigentlich eine Untertreibung, denn es war ein Ausfluß menschlicher Dummheit, sozusagen die Trägheit, die dafür sorgt, daß es in unserem Land immer Meckerer gibt und dennoch auch Erfolgreiche. Die dann mittels Steuern und Abgaben zu Meckerern erzogen werden. Unternehmer ist ja fast ein Schimpfwort, das bedeutet ja so etwas wie Ausbeuter oder Schlimmeres. Und die armen Ausgebeuteten müssen sich dann händeringend mit Sozialhilfe oder anderer Stütze behelfen. Diese Sorgen, dieser Kummer, diese ständigen Versuche, doch etwas mehr vom Kuchen abzubekommen. Aber ohne eigenen Einsatz, bitte, und auch nicht regelmäßig früh aufstehen, oder überhaupt regelmäßig ... Man ist doch Mensch, man will doch leben!

In unserer Neidgesellschaft bedeutet das, daß man niemand anderem etwas gönnt, was man selbst - nicht erwerben kann. Warum der, warum ich nicht?.

Es könnte ja vielleicht sein, daß man sich dafür anstrengen müßte. Es gibt Arbeit - Völker höret die Signale, man muß sie nur sehen (wollen). Aber natürlich will „man" ja pensionsberechtigt im möglichst öffentlichen Dienst vor sich hindämmern und regelmäßig befördert werden, ohne etwas zu tun.

Dagegen der Unternehmer - er unternimmt etwas. Mit manchmal herbem Risiko, wie ich leider auch erleben mußte, aber nicht auf Kosten des Staates, der Gesamtheit der Bürger. Ein Unternehmer trägt die Verantwortung für den Betrieb, für die Menschen dort. Nicht wie ein Politiker, der irgendwann einmal, wenn es gar nicht mehr anders möglich ist, seinen Job an den Nagel hängt, weil er „die volle Verantwortung" für den von ihm angerichteten Bockmist übernimmt. Und mit hoher Pension in seinen Beratervertrag bei irgendeiner politisch verwickelten Konzernmutter schlüpft. Haben Sie schon einmal einen notleidenden ehemaligen Politiker kennengelernt? Entschuldigung, das war eine dumme Frage. Nicht weil Sie keine derart hochgestellten Persönlichkeiten kennen könnten, sondern weil es sie nicht gibt. Genau so wenig wie von der Sozialhilfe zehrende ehemalige Richter aus der Zeit des GRÖFAZ oder der „DDR".

Ich hatte also die Verantwortung auch für die Zeit, in der ich nicht beweglich war, auf Leben und Tod lag. Da trat kein anderer ein, der Betrieb mußte weiter funktionieren, keine eingezogenen Korsettstangen wie bei öffentlich Bediensteten oder Großbetrieben mit hohen Subventionen und kaum erkennbarer Steuerzahlung. Ich hatte ja schon vor einiger Zeit - damals - einen Job übernommen, ich nenne das einfach mal nur Job, obgleich ich jede Arbeit immer sehr ernst genommen habe.

Ich war bei einem örtlichen Alu-Fenster-Baubetrieb als Außendienstmitarbeiter eingestiegen, mit recht jungen Jahren und viel Elan. Aber den hatte und habe ich ja immer.

Ich war also Vertreter und verkaufte den Menschen im Lande unsere Kunststoffenster. Als Auftragsbeschaffer. Und ich war so etwas von erfolgreich, daß ich schon damals hätte merken können, wie sich die Wolken am Horizont zusammenzogen. Denn, merke: Erfolgreich darf nur der sein, der s e h r mächtig ist, mindestens der Chef. Sonst ist man ein Streber, oder sonst irgend etwas. Irgend etwas, man weiß ja nie. Ich wußte.

Man stelle sich bitte ganz genüßlich vor, daß ich Anfang der 80er Jahre ein monatliches Fixum von DM 1.500.-- hatte. Und eine Provision von ebenfalls monatlich 7 - 10.000.-- DM. Da lacht doch das Herz der Vorgesetzten, denn die Firma verdient sich ja an den Aufträgen doof und dusselig. Weit gefehlt, es begannen die Nadelstiche. Dazu muß ich sagen, daß ich für Verträge bis 1OO TDM eine Provision von 5 % bekam, für bis 200 TDM 4 %, und ab 300 TDM eben drei niedliche Prozentchen. Und jetzt kam die Verhinderungsmaschine in Gang.

Zunächst blieben meine Abrechnungen immer lange liegen, bis zu vierzehn Tage. Das war mir leid, also forderte ich laut und energisch die mir zustehenden pünktlichen Gehaltszahlungen. Und schon kroch der gelbe Neid durch die Luken. Ich fuhr damals, schließlich konnte ich es mir leisten, einen Jaguar. Der Vorgesetzte „nur" einen großen Renault. Grund für den Kleinkrieg, denn, wie der Geschäftsführer einmal ganz richtig sagte, verdiente ich erheblich mehr Geld als er. Zu Recht, aber das interessierte ihn nicht. Er neidete mir meinen Erfolg und mein Auftreten.

Wer selbst nichts gilt, läßt auch nichts gelten

Also mäkelte er ständig an meinen Abrechnungen herum, verzögerte sie und hatte immer viel auszusetzen. Nun tat ich ihm alsbald den Gefallen und baute immer ein paar kleine verzeihliche Fehler ein, so daß er sich darauf stürzen konnte und sein Erfolgserlebnis hatte. Das bedeutete eben für mich mehr Sicherheit und klare Forderungen. Und wegen des Autos konnten wir uns auch einigen, ich wollte ihn ja nicht vorführen. Also nahm ich zunächst für meine Fahrten den familiären Zweitwagen, einen VW, und übernahm später dann den Renault des Geschäftsführers als Dienstwagen - und er kaufte sich einen BMW. Hurra - die Unterschiede in der betrieblichen Hierarchie waren wieder erkennbar.

Etwa zwei erfolgreiche Jahre lief die ganze Chose dann leidlich, aber es kam nun zur endgültigen Krise. Und das kam so.

Ich hatte die prozentuale Beteiligung ja schon geschildert. Und jetzt hatte ich Aufträge für vierhunderttausend DMchen eingeholt und bekam meine Spesenabrechnung. Auf der Basis von 3 %; ich dachte ich spinne.

Oder er.

Dann ging es zur Sache, ich erklärte dem Geschäftsführer, daß natürlich für die ersten 100 TDM fünf Prozent anfielen, für die zweiten dann vier, für die dritten drei ... und nicht so, wie er das gemacht hatte. Ich rechnete ihm vor, daß ich sonst, je mehr Aufträge ich schreibe, um so weniger Geld bekomme, z.B. bei 400 TDM bekäme ich, auf 2 % hochgerechnet, achttausend Mark Provision - aber bei 300 TDM auf drei Prozent wären es schon neuntausend. Ich wäre ja mit dem Klammerbeutel gepudert, wenn ich dann noch hohe Aufträge hereinholte. Für die Firma wäre das zwar besser, wegen des größeren Auftragsvolumens, aber für mich nicht. Ende der Fahnenstange. Na ja, es dauerte zwar noch einige Zeit, aber ich hatte die Nase gestrichen voll und packte eines schönen Tages meine Siebensachen. Ich unternahm etwas - ich wurde Unternehmer.

Und da ich ja Fachkenntnisse hatte, übernahm ich sogar die Produktion von Kunststoffenstern, eine einträgliche Sache, wenn sie ordentlich gemacht wird. Der Betrieb lief bombig an, ich verdiente, meine Mitarbeiter verdienten, ich war in Geldern einer der kommenden Leute, gründete den Tennisverein und so weiter...

Wenn es dem Esel zu wohl wird, geht er auf' Eis. Fast wörtlich, denn dann gab es den geschilderten schrecklichen Unfall. Ein halbes Jahr reichten mich die Krankenhäuser stationär weiter, und als ich dann endlich auf Krücken, auf eigene Verantwortung entlassen, auf meinen Betriebshof humpelte, kam mir das Kotzen.

Die große Halle, sonst immer voll mit Betriebsfahrzeugen, stand dicht gefüllt mit Fenstern. Zwei Großaufträge mit etlichen hundert Fenstern und zwei großen Eingangstüren waren falsch in der Farbe, weil mein Verantwortlicher keine Verträge lesen konnte. Und die Remittenden in Mahagoni bestellt, in verschiedenen Weißfarben bzw. Eiche geliefert, blockierten den gesamten Betrieb. Die Kosten waren entstanden, die Waren unverkäuflich. Fenster werden in der Regel nach Maß gebaut, und es gleicht einem Sechser im Lotto, wenn genau diese Maße noch einmal verlangt werden. Nun, ich hatte ja nie Glück im Spiel.

Hinzu kamen riesige Außenstände, die Firma stand auf der Kippe, aber schon auf der falschen Seite.

Natürlich versuchte ich zu retten, was noch zu retten war. Mein Anwalt und mein Steuerberater prüften alles auf Herz und Nieren. Das Ergebnis war der Zwang, Konkurs anzumelden.

Selbstverständlich hatten wir schon vorausschauend Gütertrennung vereinbart, und alle privaten Dinge gehörten meiner Frau. Aber es mußte jetzt eine Konkursanmeldung, das Verfahren und dann natürlich der Neuanfang folgen. Aufgeben gilt nicht, pfeif was auf die Krücken, der deutsche Landser vor Stalingrad hatte auch kein Zuckerlecken...

Nun hatte ich neben der Fensterfirma noch die Vertretung für eine Kachelofenfirma. Und das lief prima, so daß wir nicht am Hungertuch nagten. Das war auf der Basis abgeschlossen, daß ich Öfen für etwa 300.000.--DM auf Wechsel bekam, d.h. jedes Jahr wurden 10 % abgetragen, und dann ein neuer Wechsel erstellt. Musterstücke sind eine herbe Belastung, weil sie zwar kein Brot fressen, aber auch keins einbringen. Und teuer sind.

Und es begab sich, daß der Firmenchef sein gieriges Auge auf meine Außenstelle geschleudert hatte und mich unter Druck setzte, als er merkte, daß ich ziemlich klamm war. Ich trat ihm also, kurz gesagt, diese Vertretung ab und fungierte ein paar Wochen noch als sein Geschäftsführer dortselbst. Bis ich ihm die Klamotten hinschmiß und mir ein neues Betätigungsfeld suchte. Und wie!

Also griff ich in die Kiste meiner Erfahrungen und fischte mir etwas heraus, das damals erst im Kommen war: Wintergärten. Das könnte ein Geschäft wie ein Selbstrenner werden, man müßte nur eigene Ideen haben. Zunächst versuchte ich den einfachen Verkauf wie alle anderen, mit eher mäßigem Erfolg, aber ich hatte schon eine Idee im Hinterkopf. Manchmal möchte ich mir selbst auf die Schulter klopfen, weil ich ziemlich pfiffig sein kann. Und das mit geringen Mitteln dann umsetze.

In diesem Fall war es so, daß ich für mehrere Firmen die Wintergärten verkaufte und aus einem gewissen Repertoire schöpfen konnte. Und aus meiner Idee. Ich photographierte die Häuser der präsumptiven Kunden und ließ durch einen Zeichner dann den Wintergarten einbauen. Die fertigen Bilder legte ich den Interessenten vor. Das war dann ein wirkliches Angebot, man konnte ja schon das Ergebnis erkennen, und das vor Umbau.

Natürlich hatte ich Kosten, aber es rentierte sich. Und es machte mir Spaß, da ich ja erkennen konnte, wie die Idee ankam. Das konnten andere auch, z.B. die Besitzer der von mir vertretenen Firmen. Es kam wie es kommen mußte: Wie in einer schlechten Ehe scheiterte die Zusammenarbeit an mangelnden Gemeinsamkeiten. Ich zum Beispiel wollte, mit Recht, s e h r viel Geld verdienen, und die Firmeninhaber wollten dasselbe für sich. Solange ich auf der Gegenseite war, also abhängig, war ich ganz entschieden dagegen.

Jetzt wurde ich also selbständig und verkaufte Wintergärten auf eigene Rechnung und Verantwortung. Nicht viel anders als früher, nur hatte ich jetzt die gesamte Verantwortung, auch für Bau und Planung. Kein Problem, was andere können, kann ich auch. Es war ganz nett, aber es riß mich dann endgültig doch nicht vom Stuhl. Und ich beschloß, groß herauszukommen.

Dazu stieg ich in eine Firma ein, die schlüsselfertige Häuser anbot, also den gesamten Baubereich abdeckte. Ein Geschäft mit Zukunft, und zuerst wußte ich noch nicht, mit welcher Zukunft! Es wurde die Idee. Aber das gelang erst mehr durch einen Zufall. Und durch eine durchsoffene und durchfressene Nacht. Ich hätte es gern poetischer ausgedrückt, aber der geneigte Leser und die schwärmende Leserin werden mir die Wortwahl sicher verzeihen, wenn sie die Geschichte hören.

E s   k a m   n ä m l i c h   d i e   WENDE!

Nun ja, so ganz schrecklich viele Deutschlandfahnen habe ich nicht geschwungen, obgleich ich zugeben muß, daß ich bewegt war, ehrlich gesagt sogar zu Tränen gerührt. Das Volk wuchs wieder zusammen. Und brauchte mich, denn in Neufünfland fehlte es sicher an allen Ecken und Enden.

Ein Ende lag in Kroppenstedt. Ein alter Freund hatte via Ehefrau ein Acht-Familien-Haus geerbt, das zwar noch nicht ganz fertig war, aber bereits von der dortigen Gemeinde mit Beschlag belegt wurde. Ach, Gesetze sind doch etwas wunderbares: Durch Richterspruch wurde der Familie die wertvolle Immobilie zugeteilt. Ich besuchte sie und entdeckte das neue Bundesgebiet als unerschöpflichen Born der Zufriedenheit. Mein Sohn sagte folgerichtig schon beim ersten Besuch, daß ja eigentlich jedes Haus Fenster und Türen benötigte. Und so war es.

Mein Freund, der ja auch der Prototyp eines Bauhandwerkers war, er hatte eine Druckerei und für mich gearbeitet - erklärte mir nüchtern, daß er eine Zusammenarbeit mit einer Firma suchte, die Fenster und Fassaden übernehmen könne. Er selbst hatte sich auf Dächer und Heizungsbau gestürzt, ein Faß ohne Boden. Und damit ich mich nicht langweilte, ich war die gesuchte Firma, wenigstens von diesem Tag an, führte er mich gleich ins Geschäft ein. Wir besuchten einen wohlsituierten Metzgermeister. Man muß sich erinnern, daß die Sowjetzone ja Mangelgebiet war, aber aus Mangel an Waren, nicht an Geld. Die hatten genug Bares, vor allem wegen des leichtsinnigerweise durchgeführten 1 : 1 Umtauschs. Na ja, mögen sich andere darüber aufregen, ich meine, wer vierzig Jahre lang diese rot lackierten Faschisten ertragen mußte, hat auch ein besonderes Recht darauf, daß es ihm mal besser geht.

Vor allem, wenn es mir dadurch auch nicht gerade schlechter geht. Wir trudelten also beim Metzger ein. Großes Hallo, neben ihm standen die Nachbarn von rechts und links, und auf den Tischen standen ... ach, ich will niemanden zum Neider machen.

Soviel schluckten wir sonst selten, vor allem ich n i c h t m e h r, aber es ging eben ums Geschäft. Und es gab ja außerdem noch jede Menge leibliche Genüsse. Der Einladende war eben Fleischermeister. Spät in der Nacht taumelten wir selig nach Hause. Vor allem selig, weil wir Verträge über DM 200.000.-- unterschrieben dabei hatten. Metzger und Nachbarn hatten gleich praktischerweise die Totalsanierung in Auftrag gegeben.

Und ich beschloß, im dortigen Paradies des Unternehmers zu bleiben! Ich blieb erst einmal ein Jahr in der Gegend, verdiente ordentlich bis sehr gut und suchte schon wieder Platz zum ausbreiten. Nein, weniger mich, obgleich meine barocken Formen zu einer solchen Denkweise verleiten könnten. Neues Land, neue Aufgaben, neue Leute, neues Moos ... Alles kam, und schneller als ich geahnt hatte. Ich gründete eine Filiale in Leipzig. Personal, Einrichtung, Investitionen - wie schon gesagt: Unternehmer unternehmen etwas. Und Neider neiden. Aber da war es noch nicht so weit.

Ich blieb beim Broterwerb Sanierung, und legte dazu noch die Sahnetorte Neubau auf. Geplant, gebaut, verkauft. Es lief.

Allerdings gab es eine Menge Probleme, die wir hier im Westen nicht so massiv kannten. Es ging um die häufig ungeklärten Eigentumsverhältnisse. Während wie im Westen eine Baugenehmigung mit allem Drumherum in drei Monaten hatten, durfte es hier schon mal ein Jahr sein.

Das hat etwas mit den früheren Flüchtlingen zu tun, mit den neuen Besitzern, die zum Teil erhebliche Bauleistungen erbracht hatten. Aber auch mit den vielen Altkadern, mit den Seilschaften, die ähnlich wie die ehemaligen Politfunktionäre konturenlos und besitzend in die neue Zeit einrückten. Der Ehrliche war wieder einmal der Dumme; die aufgeregten und sicher auch besonders tapferen Menschenrechtskämpfer standen im Abseits und schmollten. Meist. Dabei gab es da ja eine Menge, die nur eine Form von Sozialismus mit „menschlichem Gesicht", die die „DDR" erneuern wollten. Nee, Leute, laßt euch das von einem Praktiker sagen. Nicht die Praxis ist aus dem Ruder gelaufen, die Theorie war perfide und menschenfeindlich. Aber das durfte und darf man ja nicht sagen, es ist nicht politisch korrekt. Die roten Nazis haben fünf mal soviel Menschen umgebracht und hundert Jahre Unglück über die Welt gebracht - die Braunen kamen „nur" auf 12 Jahre... Aber die Hysterie, die man jetzt auch bemerkt, wenn es um Neonazis oder Kinderschänder geht, dieses aufgeregte, völlig überzogene Pressefest, die Betroffenheit, die von allen offiziellen Stellen zelebriert wird - es ist schlimmer als die Taten. Ich schreibe das nur, um zu dokumentieren, daß mit solchen Hysterien von anderen Dingen abgelenkt wird. Von den schlimmen Taten der DDR-Schergen wird kaum gesprochen, und daß sich die gleichen Leute wieder bereichern, ist unerträglich. Es wird einfach übersehen, denn sonst könnten zu viele „unserer" Leute, die jahrzehntelang ein seltsames Verhältnis zu diesem System und seinen Schergen hatten, involviert sein.

Und diese Kader blockierten den Fortschritt, bürokratisierten die Umbauten, die Rückgabe an die enteigneten Altbürger und schoben sich und den von ihnen gegründeten Baufirmen, die dicken Happen zu. Von den erschreckenden Umwidmungen der Treuhand ganz zu schweigen. Da versickerten Milliarden. Na ja, das Geld verschwand nicht. Das tut Geld nie. Es geht nur zu einem anderen Besitzer. Und überall standen die munteren kleinen Sterntalerkindlein und hielten ihre Schürzchen auf, damit es reichlich dort hineinsickerte. Die Aufklärung der damaligen Staatskriminalität wird nur sehr zögerlich betrieben, dafür sucht man sich andere, kleinere Fische aus, um zu beweisen, wie hart und gesetzestreu man durchgreift.

Wahrlich, Durchgreifen ist ein beliebter Sport in unserer kleinen nördlichen Bananenrepublik geworden, wo schon Ex-Staatssekretäre international gesucht werden und ... Ach, ich höre lieber auf, sonst entsteht noch der Eindruck, daß ich mich über solche Klebrigkeiten aufrege.

U n d   d a s   t u e   i c h   a u c h !

Durchgreifen geschieht nämlich stets durch die Taschen der anderen, durch unsere nämlich. Wenn es dann allzu dicke kommt, übernimmt einer aus der zweiten Reihe „die volle Verantwortung". Darüber habe ich mich schon ausgelassen.

Ich hatte ein Riesenprojekt geplant, rund hundertfünfzig Häuser, dabei auch drei Mehrfamilienhäuser. Alles war mit einer polnischen Baufirma durchkalkuliert, die Verträge geschlossen, es ging um rund fünfzig Millionen.

Wir saßen unternehmungslustig zusammen, um die Bauverträge abzuschließen, als die Sekretärin des Unternehmers hereinkommt und dem polnischen Chef ein Telefax vorlegt. Mit sofortiger Wirkung hat die Bundesregierung beschlossen, daß keine neuen Kontingente an Aufträgen für polnische Firmen vergeben werden. Vordergründig ging es um deutsche Arbeitsplätze (man versuche einmal, sich auf einer dieser Baustellen j e t z t in deutscher Sprache zu unterhalten). Für mich ging es um Kopf und Kragen. Mein Unheil begann, langsam und unaufhaltsam. Ich bemerkte es noch nicht. Jetzt muß man natürlich wissen, daß ich von den Kunden eine Anzahlung von fünf Prozent kassiert hatte. Nein, davon blieb mir so gut wie nichts. 2,5 % bekamen die Vertreter, dann mußten Baupläne erstellt und Anträge gefertigt werden, das Personal mußte Gehalt bekommen und so weiter. Daß auch noch eine persönliche Ausfallbürgschaft von 10 % abgeschlossen wurde, ist schon fast unter der Kategorie peanuts zu subsummieren. Es bleibt immer bei Worten für Summe...

Alles im Arsch, wie der uns so nahestehende Volksmund zu scherzen beliebt. Ich war ziemlich niedergeschlagen, aber nur ziemlich. Und da traf es sich, daß ich im Hotel Arosa mit einem begeisterten Hotelier sprach. Bei ihm baute eine italienische Firma aus Rimini einen neuen Trakt ans Haus an, und er war mehr als zufrieden. Sofort griff ich zu und traf den Chef und seinen Dolmetscher. Die hörten sich meine Wünsche und Angebote an, überlegten. Dann meinte der Unternehmer, er würde das nicht bauen können. Aber er beauftragte seinen Dolmetscher, mit anderen italienischen Firmen zu sprechen. Es wurden mir etliche benannt, und ich fuhr rund drei Wochen kreuz und quer durch die Apenninenhalbinsel, vom Dolmetscher begleitet. Nun, es war nicht billig, aber auch unterhaltsam und eigentlich erfolgreich. Die drei Mehrfamilienhäuser wurden sofort übernommen, bei den hundertfünfzig einfachen Häusern gab es das Problem, daß die eben nicht alle zusammenlagen, sondern auf sehr unterschiedlichen Bauplätzen. Schließlich wollte eine Firma einen größeren Teil der Häuser bauen. Tat sie auch. Wegen des anderen Teils konnte ich später ungewöhnliche Erfahrungen sammeln.

Erst einmal merkte ich nicht, wie ich eingefangen wurde. Das wimmelte nur so von Dottores und Avocados und Commendattores - alles windige Titel, die sehr nach OK rochen - wenn man eine Nase dafür hat. Wie sollte ich, wenn noch nicht einmal die staatliche Aufsicht überlegt, ob es sich da vielleicht um Geldwaschanlagen der familia handeln könnte. Man nennt das, glaube ich, omerta. Auf jeden Fall waren die Italiener (die Italiener? Natürlich nur die I., welche Bauunternehmer waren - keine Kollektivschuld) ausschließlich an Großbaustellen interessiert. Ich ja eigentlich auch, wenn ich mal so ganz richtig überlegte.

Kleine Aufträge - kleines Einkommen, meinetwegen mal viele kleine Aufträge ... nun, eine Milchmädchenrechnung, aber sie geht weiter. Große Aufträge - großes Einkommen. Stimmt, nicht wahr? Fehlten nur noch die großen Aufträge. Aber Wolfgang war ja findig. So lasen die aufhorchenden klugen Köpfe, die immer dahinter stecken, in der Frankfurter Allgemeinen (Zeitung) sinngemäß:

Gesamtunternehmer hat durch Storno Großaufträge für
50 Mio frei ...

Hei, wie da die Fetzen flogen. Das Echo überraschte mich doch, obgleich ich Interesse erwartet hatte. Es kamen diverse hochkarätige Anfragen, ich beschloß, mich mit einem Projektentwickler einer s e h r großen westfälischen Firma in einem ostdeutschen Interconti-Hotel zu treffen. Wahrscheinlich kennen Sie die Hotels, kennst Du eins, kennst Du alle. Das ist wie katholische Kirchen im Ausland (na ja, das klingt profan, ich meine ja nur den Wiedererkenneffekt) - Interconti in Hongkong und in Bucuresti und in Nairobi - man weiß schon, wo die Toiletten sind und warum die Bar ausgerechnet daneben liegt ...

Ja, so begann der Riesenauftrag und endete auch beinahe sofort. Wenn Sie, geschätzter Leser und liebenswürdige Leserin, die Hotels kennen, wissen Sie auch notgedrungen über die Straßen im Beitrittsgebiet in der Übergangszeit Bescheid. Trabiverwendbar, sogar für Traktoren der Gattung Schütte-Lanz-Bulldog noch zu empfehlen, aber ansonsten Postkutschenzeit.

Ich kam also zu diesem Treffen zu spät. Als ich mich an der Rezeption nach dem Projektentwickler erkundigte, teilte man mir mit, der wäre schon wieder abgereist. Verärgert, denn er hätte lange vergeblich gewartet.

Merde, mierda, shit, caramba ... Man rechne es mir hoch an, daß ich dieses Wort, welches ja eine ganze Welt von Gefühlen ausdrückt, in fremden Zungen aufzeichne. Sie wissen ja ohnehin, daß Wörter eine weit über ihren Wortlaut hinausgehende Bedeutung haben. Oder ist Ihnen noch nicht aufgefallen, daß unsere hoffnungsvolle Nachwuchsgeneration schon glaubt, mit dem Wort „geil" einen kompletten Satz gesprochen zu haben? Geil heißt übrigens reif. Klar, daß d i e das dann noch nicht wissen können.

Aber, so riß mich der Portier aus meiner Wut - ich sah mich schon nach einem Teppich zum Reinbeißen um - der Chef wäre noch im Hause.

Ob ich vielleicht... Ich wollte.

Und jetzt rollte der sprichwörtliche Rubel doch noch. Per Handy holte der sehr interessierte Chef den Projektentwickler wieder zurück, der drehte wohl zähneknirschend sein Vehikel um und schepperte über die landschaftlich schönen landwirtschaftlich nutzbaren Verbindungswege.

Zwei bis drei Stunden intensives Gespräch. Ich hatte Hochglanzbroschüren und Referenzbescheide über die italienischen Firmen, und es kristallisierte sich heraus, daß ein Projekt in Naumburg im Wert von rund 20 Mio anstünde. Vierzehn Tage Bedenk- und Planungszeit. Der Draht nach Rimini glühte. Ich wurde eingeladen, mit meiner Familie und Dolmetscher nach Italien zu kommen, für eine Woche, alles inklusive. Es war die

Osterzeit, und wir alle waren in Italien. Frohgemut, versteht sich. Meine Frau hatte das Damenprogramm, also shopping, und ich wullachte wie ein Verrückter mit den Partnern, kam kaum aus dem Büro raus. Und lernte die große Welt kennen, als ich andeutete, mehr als andeutete, daß auch noch ein 70 Mio-Projekt möglich wäre. Da lag etwas an in Halle. Genscher läßt grüßen, Halle kannten alle. 0 je, das reimt sich auch noch. Eine Einladung erfolgte nach Modena. Ich konnte mit den Partnern Ferrari besichtigen, stand ergriffen vor den Monumenten italienischer Ingenieurkunst.

Wenn, und wir sagen ausdrücklich wenn es mit dem hallenser Auftrag klappt, legen wir noch einen Ferrari drauf. Nicht symbolisch, Du (wir waren uns näher gekommen) kannst schon einen aussuchen. Der Knabe in mir erwachte und machte einen Luftsprung. Können Sie sich vorstellen, was es für jemanden wie mich, der natürlich wie jeder erwachsene Mann in diesem Lande einen geheimen Peter Pan-Komplex (bitte bitte nie ganz erwachsen werden) hatte, bedeutete, F E R R A R I ! ganz für mich! ? Sehen Sie, ich werde verstanden.

Wieder zurück, verflog die Euphorie. Ich wulachte weiter, und als dann die vierköpfige italienische Delegation, von mir sorgfältig betreut, in Dortmund einflog, gab es die kalte Dusche.

Das Projekt in Naumburg wurde auf Eis gelegt, da die zu bebauenden Böden kontaminiert waren. Ein Geschenk unserer Befreier, die uns ja damals von unseren Uhren etc. befreiten und Ilja Ehrenburg folgend 1,8 Millionen deutsche Frauen von sieben bis neunzig ... Ich schweife ab, aber der Vollständigkeit halber noch erwähnt, daß daraus 300.000 Kinder erwuchsen. Der Schrecken und die Panik sind vorstellbar, und deswegen bekomme ich auch immer das Kotzen, wenn ich Lobhudeleien über die russischen Befreier vom Faschismus höre. Und es tröstet kaum, daß in den westlichen Gebieten eine ähnliche Zahl von

Besatzerkindern entstand, wg. Nylonstrümpfen... Ende der Geschichtsstunde.

Die Italiener waren nicht amüsiert, als sie hörten, daß das Projekt zunächst auf Eis gelegt wurde. Aber dann horchten sie auf, als es um das 70 Mio - Projekt ging. Zwei Tage hektische Arbeit, dann hatten die Kalkulatoren errechnet, daß es verbindlich und großzügig mit 62 Mio. zu machen wäre. Hocherfreutes Schulterklopfen auf beiden Seiten.

Und es blieb auch dabei. Zwar gab es noch Probleme mit oder wegen der DB, dennoch. Es wurde ein Fond aufgelegt, und die Zeichnung sprengte den Rahmen. Keinerlei finanzieller Engpaß, alles paletti, wie wir jetzt ja sagen konnten.

Die Italiener bekamen den Auftrag. Der sehr beglückte Bürgermeister von Halle stand dahinter wie ein Vater, der seinen Segen kaum noch zurückhalten konnte (Zitatende).

Und dann rollte die italienische Besatzungsmaschine an. Eine Karawane zog nach Halle, und der Platz wurde zu einem Lager, welches die kühnsten Zirkus - oder Zigeunerträume in den Schatten stellte. Unterkünfte, Aufenthaltszelte - streng getrennt nach Chefs und gewöhnlichem Volk, Sanitäreinrichtungen, Küche und eigene Köche, LKW-Ladungen spezieller Lebensmittel. Ein Leben wie Gott in Parma. Die Arbeiter sollten so großartig leben, wie sie arbeiteten, das war eine kluge und vorausschauende Planung. Es war teuer, sicher, aber es zahlte sich aus.

Davon können unsere Pfennigfuchser lernen, wenn sie könnten. Aber weiter ...

Wenn ich abends mal Lust hatte, etwas wirklich Gutes zu speisen, ging ich nicht in das beste Hotel der Stadt, sondern zum Chef-Zelt. Und wurde nie enttäuscht. Außerdem, die Lageratmosphäre, essen, trinken, Gesang. Und das war es auch schon! Keiner kam aus dem Lager heraus, streunte durch das Umland oder so. Ein Baukloster für die Mannschaft, aber eins mit hohem Lohn und guter Leistung. Es lief alles sehr gut, ich schleppte noch einige weitere Aufträge heran, für 30 Mio. mal, dann für 40 Mio. in Stuttgart. Alles in allem für 170 Mio. Auftragsvolumen. Bei 2 % Provision für mich!

Das klingt etwas netter, als es in Wahrheit war. Aber das habe ich damals auch nicht so eng gesehen. Ich war ja auf der Überholspur, was konnte mir schon passieren?

Eine Menge, wie ich später zu meiner Verblüffung erlebte. Wobei „Verblüffung" ein Hilfsausdruck ist...

Das Geld kam, aber nur so scheibchenweise. Hier mal ein paar große Scheine, da mal ein paar größere. Es reichte immerhin zu einem Lebensstandard weit über meine Verhältnisse, aber immer noch nicht standesgemäß. Und die Gehälter, die Mieten und andere läppische Kosten, die sich nicht vermeiden ließen, und die immer wieder tiefe Furchen in mein Vermögen zogen, konnten gezahlt werden. Es lief so langsam seinen sozialistischen Gang, ach nein, das hieß ja jetzt anders. Egal, es lief seinen Gang. dann kam es filmgerecht: Man machte mir ein Angebot, das ich nicht ablehnen konnte.

Leider war mir die Dramatik nicht bewußt, und ich hätte wohl ohnehin nichts dagegen unternehmen können. Aber wen die Götter vernichten wollen, den schlagen sie mit Blindheit.

Der Chef der italienischen Firma machte mir das Angebot, seine Unternehmen in Deutschland zu vertreten. Für 25.000 DM im Monat, zusätzlich jede Menge andere Leckerchen, wie z.B. 0,25% Beteiligung am Umsatz. Das klingt hervorragend, nicht wahr? Leider gab es ein kleineres Problemchen: Meine Honorarzahlungen müßten natürlich damit weitgehend abgedeckt sein. Meine Millionen, Sie erinnern sich?

Und dann hatte ich den Chef ja bereits kennengelernt, nach der wissenschaftlich üblichen Typologie konnte man ihn nur als Tyrannen, höchstens mit großzügiger Auslegung als Despoten, bezeichnen. Ihm war die Ehefrau abhanden gekommen, und er hatte sich zu einem Nur-Arbeiter entwickelt. Wahrscheinlich war er es auch vorher schon, deswegen der Abmarsch der Ehefrau.

Mein Arbeitsbereich hätte sich im Altreich auf Leipzig und München konzentriert, und zwar ein paar Tage je Woche hier, desgleichen dort. Dann, am Wochenende zur Inspektion und Kritikentgegennahme nach Italien. So hatte ich die Firma ja kennengelernt, und als Außenstehender hatte mir das imponiert. Aber mein Lebensziel war anders, und außerdem hatte ich doch in knapp drei Monaten mehr als drei Millionen verdient. Millionen! Wolfgang, Du bist der größte!

Der größte Trottel, würde ich jetzt wohl sagen.

Erstmal ist es ja nicht so, daß man die Millionenverdienste einfach in Monaten hochrechnen muß, um richtig satt zu werden. Man benötigt dazu ja auch noch jemanden, der die Beträge auszahlt. Und den hatte ich nicht, nicht mehr.

Ich lehnte also das großzügige Angebot ab, nicht hochfahrend, sondern einfach, weil ich mein eigener Herr bleiben wollte. Das verstand der eigentliche Herr, nämlich der Signore, nicht. Und wer nicht das tat, was er anordnete, war der Feind, mußte also bekämpft werden.

Die Probleme begannen umgehend. Das erst so gute Verhältnis war zerstört, nicht etwa nur gestört.

Der Commendattore bewies mir seine Macht, und die war lebensbedrohend: Er zahlte nicht mehr. Garnichts. Einfach so.

Dabei muß ich noch einmal an Ihre geschätzte Erinnerung appellieren, geneigter hochmögender Leser und ebenfalls geneigte anbetungswürdige Leserin: Ich lag schwerkrank mit gefährlichen Operationen, monatelang im Krankenhaus, hatte aber monatliche Kosten von etwa 150 TDM für die schon erwähnten Löhne und Mieten etc. Und jetzt hatte ich überhaupt kein Geld, nicht eine müde Mark mehr übrig.

Na ja, ich hatte ja noch rund drei Millionen zu bekommen, also flog ich frohgemut nach Italien. Mit einem dummen Gefühl in der Magengegend. Und diese Gegend ist bei mir eigentlich gut entwickelt.

Wie schon geschrieben, ich lag lange Zeit schwerkrank in den unterschiedlichen Heilanstalten, denn auch medizinische Behandlung bezeichnet man ja als Heilen, obgleich Heilanstalten sonst immer mit psychischen oder suchtspeziellen Symptomen in Verbindung gebracht werden. Und daß ich psychisch völlig auf dem Damm war sollten S I E spüren. Nebich gab contra!

Stellen Sie sich bitte noch einmal vor, daß ich zwei Büros unterhielt, dazu rund zwanzig meist hochqualifizierte - und bezahlte Angestellte monatlich entlohnen mußte, und Fahrzeuge etc. auch eine Menge Geld verschlangen.

Aber die Herren des Konsistoriums aus Italien stoppten die Zahlungen; sie waren gekränkt, weil ich ihr Angebot nicht angenommen hatte. Und zeigten mir ihre Macht. Wie groß die ist, konnte ich später leicht feststellen. Wohlgemerkt, sie arbeiteten in Deutschland, hatten hier unglaublich viel investiert und natürlich auch zu verlieren. Aber sie mußten keine Angst haben, ab einer gewissen Kapitalgröße ist man auch in diesem unserem Lande sakrosankt.....

Also flog ich nach Modena, genauer gesagt bestieg ich, begleitet von meinem Anwalt und meiner Frau (die eben wegen des Anwalts mitflog, aber dazu später), das entsprechende Flugzeug und ließ mich fliegen. Es ging um die Provision; nicht etwa um Nachverhandlungen, denn der Vertrag war ja einwandfrei und einklagbar und überhaupt, der Anwalt konnte das nur immer wieder bestätigen. Er war ja schließlich Fachmann. Und wie...

Der Bürokomplex des Konsortiums wirkte wie immer beeindruckend, sowohl auf mich als auch auf meine Begleiter. Leider konnte ich meine bisherigen Gesprächspartner nicht antreffen, dafür aber einen ansehnlichen Advokaten. Der Commendattore Avocado war brillant in Kleidung und Auftreten, er ließ auch einfließen, daß er Mitglied des Lions-Club war. Nicht schlecht, das klang ja nobel. Mittlerweile kenne ich mehrere Mitglieder solcher Clubs und wurde nachdenklich. Damit soll, das bitte ich alle achtbaren Mitglieder solcher Herrenclubs zu akzeptieren, nichts gegen diese Gemeinschaft und andere Wirtschaftsförderungseinrichtungen gesagt werden. Dieser auf jeden Fall war, na sagen wir mal, überzeugend und c l e v e r .

Er beugte sich vertraulich vor und erklärte, daß meine erbrachten Leistungen in keinem Verhältnis zu den gewünschten Provisionen stünden. Die Millionen sollte ich tunlichst vergessen und einen Scheck über DM 200.000.-, er legte ihn vor - nach Unterzeichnung des vorliegenden Abstandspapiers - er zog den Scheck wieder zurück - als endgültige Zahlung für alle Verbindlichkeiten seitens des Konsistoriums annehmen.

Das riß mich vom Hocker. Jeder der mich kennt, weiß natürlich, daß es schon ein mächtiger Hocker gewesen sein mußte. Es war allerdings auch ein erhebliches Reißen - von eben diesem Hocker. Da hatte der hochmögende Kerl doch die unglaubliche Frechheit, meine Leistung nicht zu würdigen. Das Ei-des-Columbus-Prinzip: Wenn man das gewußt hätte, hätte man das auch so gemacht. H Ä T T E. In meinem Fall also, daß die Knüpfungen von Geschäftsverbindungen keine richtige manuelle Leistung war, sondern nur so etwas mit Hirn und solchem Mist - das kann doch jeder. Wie ich damals noch nicht bemerkte, konnte das tatsächlich mancher.

Das Preis-Leistungs-Verhältnis wäre in keiner Weise angemessen, bemerkte der Studierte, und außerdem kam hinzu, daß ja auch schon Verträge abgewickelt worden waren, an denen ich nicht beteiligt war. Das stimmte irgendwie, aber doch nur, weil sie, durch meine Hilfe, in Deutschland präsent waren.

Der Hauptgesellschafter sah immer so aus, als wenn er mir vollinhaltlich zustimmen wollte, egal was ich sagte. Nur, sein Gegenargument war immer das gleiche. Er sagte NEIN, und das war's. Was hast Du, Wolfgang Nebich, schon getan, um solche horrenden Summen aus der notleidenden italienischen Bauindustrie herauszupressen?

Fassen wir noch einmal zusammen, Sie unterzeichnen hier und hier, garantieren verbindlich, daß alles abgegolten ist, und daß Sie nie schlecht über unser Konsortium reden werden ...

Ich brech' Dir gleich die Knochen, dachte der Faschist in mir, und ich überlegte, ob er wohl das dünnste Geschichtsbuch der Welt kennen würde. Kennen Sie es, geschätzter Leser und hochverehrte Leserin, dieses - viel umfangreicheren - Buches? Nein?

Nun, das sind die italienischen Heldensagen!

So, nachdem die Wut mal wieder rauskonnte, jetzt weiter im Text. Alle Gegenreden waren zwecklos. Nehmen Sie den Scheck, nachdem Sie verbindlich erklärt haben, daß damit alles abgegolten ist und nachdem Sie das umfangreiche Abschlußvertragswerk unterzeichnet haben und nachdem es absolut sicher ist, daß Sie nie, nie, nie böse über uns reden werden. Meine dynamische Rechte war kaum noch zu bremsen, aber von beiden Seiten beredeten mich Anwalt und meine liebe Frau, die ja sah, wie ich kurz vor dem Durchdrehen war, doch zu unterzeichnen.

Eine höhere Summe war nicht erreichbar. Das war dem Anwalt ohnehin schnurz, denn ich hatte mit ihm ein Erfolgshonorar von 50 TDM vereinbart. Erfolg wäre, wenn die Honorarzahlung erfolgte- von der Höhe war nicht die Rede. Ich wußte ja ganz sicher, daß ich meine Millionen bekommen würde.

Sie können uns ja verklagen, lächelte der gefinkelte Lions-Club-Mitwirker. Das wäre dann in Italien, vermutlich würde es etwa zehn Jahre dauern. Und für den unwahrscheinlichen Fall, daß Sie obsiegen, ich sage das ungern, grinste er und meinte genau das Gegenteil - bekommen Sie auch nichts, uns wird schon etwas einfallen. Das glaubte ich ihm unbesehen.

Kurzes Überlegen, sollte ich ihm jetzt den Schädel einschlagen? Notwehr oder so? Wir waren schließlich drei und er alleine, bzw. dann ja überhaupt nicht mehr ... Aber solche Gedanken verfliegen natürlich. Meistens.

So lernte ich die internationale Form des Haifisch-Kapitalismus kennen, und zwar gleich von mehreren Seiten.

Aber erst ging es ums Kämpfen. Ich hatte ja eine Menge zu verlieren, unter anderem wahrscheinlich meine Existenz. Fünfhunderttausend, mein letztes Wort.

Mit bedauerndem Schulterzucken packte der Avocado seine Papiere zusammen und schickte sich an, den Raum zu verlassen. Sie finden ja wohl alleine hinaus... ?

Bleiben Sie, wir müssen reden...

Anwalt und Ilse redeten mit mir, wie mit einem ungezogenen Kind. Ich wollte nicht und mußte doch. Also gut, unser letztes Wort, wir zahlen Ihnen dreihunderttausend Mark, und alles wird so geschehen, wie besprochen. Und ich unterzeichnest. Etwas machte mir noch Kopfzerbrechen, standen doch da auch Verzichte über künftige Provisionsforderungen. Na gut, sollten sie da stehen, ich mache für euch sowieso nie mehr was. Wie ich später merkte, brauchte ich das auch nicht, es war schon geschehen. Sie hatten nämlich, durch mich, ein Projekt von 130 Mio. in Aussicht. Das war zunächst nicht zustande gekommen, wegen Bodenkontaminierung oder ähnlichem. Es handelte sich um das Bahnhofsgelände von Berlin-Köpenick. Jetzt waren die Voraussetzungen gegeben, und man konnte forsch ans Werk gehen. Das störten solche Provisionsforderungen natürlich. Die stören schließlich immer. Aber daran dachte ich nicht, und ich konnte mich auch kaum daran erinnern in meiner Wut und meinem ohnmächtigen Zorn. Ich stimmte zu und vollzog die Unterschriften.

Der Italiener legte mit zuvorkommendem Lächeln den Scheck auf den Tisch, und eine kleine gebräunte Hand schoß vor, schnappte ihn (den Scheck) und steckte ihn in eine bereitliegende Handtasche.

Das war meine Frau, die damit der ebenfalls vorzuckenden Hand des Anwalts zuvorkam.

Ich wollte den Scheck eigentlich nehmen, sagte der, und ihn dann, nach Abzug meiner Kosten, an Ihr Konto weiterreichen. Das weiß ich, war die sibyllinische Antwort, und es erfolgte keine weitere Reaktion. Der Blick aus einem Paar schöner Augen sagte ihm überdeutlich: Ich traue Dir nicht, keinen Schritt weit. Ilse mochte den Anwalt nämlich nicht, sie hielt ihn für einen Halsabschneider und unzuverlässigen Vertreter. Wie recht sie damit hatte, wurde mir bald schmerzlich bewußt.

Zunächst flogen wir nach Hause. Die Kosten der Fahrt gingen zu meinen Lasten, versteht sich. Flug, Hotel, Essen ...

Und während des Fluges fragte meine Frau den Anwalt, ob er wisse, warum sie mit nach Italien geflogen wäre. Wegen des kranken Mannes natürlich, sagte der.

Nein, nein, eben wegen des Schecks. Mein Mann hätte Ihnen den nämlich gegeben und wäre dann lange hinter seinem Geld hergerannt. Protest, Protest ... , aber ich weiß, daß es genauso gekommen wäre. Am Flughafen Düsseldorf bat mich der Anwalt dann um sein Honorar. Soviel hatte ich natürlich nicht mit, und so zockelte er hinter uns her nach Geldern, um seine Bezahlung sofort zu kassieren. Es gibt kein Vertrauen mehr unter den Menschen!

Holen wir jetzt einmal einen Moment Luft, um meine Situation klar zu sehen. Ich hatte monatlich gewaltige Ausgaben, rund 150 TDM. Da waren zunächst die Mieten und Kosten für zwei Büros mit etwa zehntausend, dann die Gehälter, rund 120tausend, sowie die Fahrzeuge und andere Maschinen mit nochmals 20 tausend . Das muß erst mal erbracht werden, und man kann sich vorstellen, daß ich vor dem Ruin stand.

Aber was uns nicht umbringt, macht uns härter. Nach dem Bruch mit diesen Italienern war ich ja wieder ein freier Mann, und ich konnte es wieder schaffen, immer wieder!

Ich konnte es nicht lassen und suchte einen neuen italienischen Partner und fand ihn. Es war ein Bauunternehmer aus Neapel, der kam mit Frau und Sohn angereist, und wir verlebten ein paar nette Tage zusammen. Das war wenigstens etwas, das war ein Freund, wer hätte gedacht, daß es unter harten Geschäftsmännern so etwas noch geben könnte.

Mein Punktekonto in Flensburg war angeschwollen, und mein Führerschein stand im Augenblick nicht zur Verfügung. Oder so ähnlich, auf jeden Fall fuhr ich plötzlich ein ziemlich neues Saab-Cabriolet mit einer Nummer aus Roma, bella Italia ...

Und hatte einen Auftrag für fünfzehn Millionen vermittelt, mit 2 % Provision. Die sollte ich auch umgehend bekommen. Mein Freund hatte eine Baufirma in Como und eine andere in Lugano. Da er aber zur Baurealisierung nicht allein in der Lage war, suchte er sich Subunternehmer, die die Arbeit übernahmen. Er selbst war der Gesamtbauherr. Und bekam bis zu 14 % Provision an der Bausumme. Das war mir damals noch nicht klar, wieder einmal nicht. Aber Luigi baute auch so schöne Potemkinsche Dörfer auf, daß man seine Phantasie und seinen Einfallsreichtum einfach schätzen muß. Diese Energien in echte Arbeit gesteckt, was hätte man da erreichen können? Seine Subunternehmer kamen aus dem oberen Ende des Stiefels, also aus Afrika, wie Norditaliener dieses verminte Gelände nennen.

Und während des Fluges nach Italien, des wievielten, und mit wie vielen Problemen hatte das jeweils geendet? - fiel mir ein anderer Flug ein. Es ist wunderschön, daß der Mensch einen Speicher von Erinnerungen hat, von denen er jeweils etwas abrufen kann, wenn es not tut.

Es tat N O T.

Da hatte ich vor langen Jahren mal wieder eine umwerfende Idee gehabt. Wir kennen doch alle die netten, großen Fertighäuser, die die Menschen in den USA ständig bewohnen, verlassen und ggf. mit dem Riesentruck abtransportieren und irgendwo neu aufstellen lassen. Hier gab es Wohnungsmangel, weil man noch nichts von den leer stehenden Millionen Wohnungen in Neufünfland wußte. Und wenn schon, wer möchte gern in Honeckers Plattenbauten logieren? Also war es doch naheliegend, daß ein genialer Planer aus dem Land der Denker und Dichter (und der Henker und Richter) einmal auf die Idee kam, diese sehr preiswerten Häuser nach old Germany zu importieren. Dieser geniale Planer war Wolfgang, der Unterzeichner. Theoretisch ist das wirklich wundervoll: Hundertfünfzig qm schlüsselfertig für 75.000 $. Also, damals für hundertfünfzig TDM. Eine wirklich einfache Lösung. Aber davor haben die Götter natürlich nicht nur den Schweiß des Tüchtigen gesetzt, sondern auch den Afterschweiß der Bürokraten und der Würgegesetze. Man denke nur einmal an das allseits beliebte Ladenschlußgesetz. Doch davon später.

Erst einmal reisten Ilse und ich in Begleitung des heranwachsenden Dennis in die USA. Wir landeten an der Küste im bezaubernden Baltimore. Erste Verhandlungsversuche, aber nichts geht so einfach, wie es sein sollte. Also mieteten wir bei Alamo einen Mittelklassewagen, der hier eine Straße gesperrt hätte, und zockelten über Land. Geneigter Leser, hochverehrte Leserin, wenn Sie irgendwelche Vorurteile über Nordamerika haben, dann kann ich Sie beruhigen: Das sind keine Vorurteile. Das ist das tief in uns allen schlummernde Wissen. Die haben wirklich außer Donald Duck, dem Plastic, dem Kaugummi, lediglich noch Mc Donald's erfunden - und das noch nicht einmal wirklich. Denn woher kommen wohl die Hamburger? Na also, aber ganz im Ernst, wer würde wohl hier auf die Idee gekommen sein, dieses labberige Zeugs mit dem schwabbeligen Brötchen anzubieten, damit man es mit den Fingern essen kann? Neandertaler? Die hatten schon Faustkeile, also mußte es von jenseits des großen Wassers kommen.

Und ob Sie's glauben wollen oder nicht, die essen das Zeug wirklich. Nicht so wie die Kids, und ehrlich gesagt, wir wohl auch ab und an, sondern sie ernähren sich davon. Morgens, mittags, abends ... so lang der Tag währt, und nichts anderes, heruntergespült mit Cola. Jeden Tag! Jede Mahlzeit!

Ich habe mir sagen lassen, daß dort die Mehrzahl der potentiellen analphabetischen Schüler glaubt, daß Fische als Stäbchen durch die Flüsse sausen. Nun ja, was sagt uns das? Das sagt uns, daß es bald auch hier so weit ist. Von Amerika lernen, heißt siegen lernen. Und wir bewegen uns doch schon happig in Richtung Steinzeit: Die Gesichter mit Knochen und Nadeln verziert, die Fratzen mit übermäßiger Schminke verschmiert, die Haare gefärbt wie beim hinterindischen Fruchtbarkeitstanz; dazu mit schmerzenden Nadeln tätowiert wie ein Neandertaler und grunzend mit Wörtern reden, die man eben nur so aussprechen kann. Geil! So ist es.

Dazu die Kleidungsmode, zerrissen und grell, tanzen wie die Jungs früher nach der Jagd ums Feuer, und die Fortpflanzung wird ebenfalls orgiastisch inszeniert. Welche Freiheiten, welcher Erfolg, welche Kultur. Welche?

Ach ja, also die Fastfood Tempel ragten alle fünfhundert Meter zu beiden Seiten der Straße auf. Und wenn man die Autobahn benutzte, kriegte man den Föhn. Die Raststätten, moderne Tempel der Behaglichkeit, befanden sich auf dem Mittelstreifen. Aber es tat der Gastfreundlichkeit keinen Abbruch. Nur Bruch, waren es doch auch hier ausschließlich Filialen des bekannten schottischen Spezialitätenrestaurants.

Lassen wir uns über dergleichen schweigen und eher darin schwelgen, daß wir friedlich und entdeckungsfreudig bis nach South Carolina im Weg zockelten. Da gab es landschaftlich eine Menge zu sehen, und die Eindrücke waren prägend. Vor allem die Friedlichkeit, und wir waren zusammen.

Es war eine schöne Zeit der Gemeinsamkeit, auch wenn es sich ja wieder einmal um eine Geschäftsreise handelte. Die Kosten waren entsprechend, aber wir zahlten sie gern. Man muß die USA eben auch einmal erlebt haben. Aber einmal reicht, meine ich, wenn es mir auch nicht gelang.

Ebenfalls nicht gelang mir der Start der Neuhäuserzeilen mit der berühmten amerikanischen Bauweise. Zwar hätten wir die Gebäudeteile kostengünstig ohne Transportprobleme ins Reich holen können, aber hier wetzten sich die Gesäßmuskeln der Fachleute diverser Ämter über unverständlichen Gesetzestexten und bewiesen nachhaltig, daß die deutsche DIN nicht erfüllt würde. Wenn man aber ... dann könnte man darüber reden. Ein schlanker Überschlag ließ erkennen, daß dann die amerikanischen Häuser genau so viel kosten würden, wie die schöngedienten deutschen. Häuser natürlich. Also war es kein wirtschaftlicher Erfolg, aber ein schönes Erlebnis, und leider, leider, so war auch die italienische Reise. Nicht, daß wir keine Freude gehabt hätten. Das schon, aber es waren eben Gaukeleien, Vortäuschungen durch meinen lieben Freund, den Großbauunternehmer aus dem Lande der N'dragehta.

Aber zurück zum europäischen Festland, da wo noch der Handschlag gilt, und so weiter...

Mein Italiener hatte sich grauenhaft übernommen, und das war noch ein Hilfsausdruck. Ich traf Gesprächspartner von Riesen-Super-Giganto-Baufirmen aus Sizilien und anderswo. Mein Hotel war natürlich die allererste Sahne, wir speisten ausschließlich in Nobelrestaurants und dinierten einfach fürstlich. Und als ich in einer stillen Stunde mal das Orakel von Delphi fragte: Führe ich die Verhandlung mit meinen Partnern richtig? antwortete die Pythia: Noch nie wurde eine Verhandlungsdelegation so angeführt! Aber noch war es ja nicht so weit, noch glimmte Hoffnung.

Gemeinsam mit drei weiteren Bauherren lud mich Luigi nach Neapel ein. Wir marschierten erschüttert über eine Riesenbaustelle, etwa 1000 Wohnungen, zum Teil schon schlüsselfertig erstellt, zum größeren Teil im Bau. Geschäftige Ameisen werkten völlig unitalienisch, und von allen Seiten hagelte es Grußworte auf den bescheiden lächelnden Luigi. Der war hier der Herr, der Don, das stand außer Zweifel.

Hatte er doch noch in der Nacht mehrere auffällige Schilder mit seinen Firmennamen anbringen lassen, die genauso wie seine dort abgestellten Firmenfahrzeuge ganz klar dokumentierten: Hier baut der König von Süditalien.

Es war, wie er unter der Hand verkündete, nur eines von vielen Großprojekten, die er zur Zeit in Angriff nahm.

Zurück zu seiner Firma in Neapel, kam etwas Verblüffung auf. Selbst bei großzügigster Auslegung konnte man diesen Betrieb kaum als mittelständisch bezeichnen. Er lächelte verstehend und verzeihend. Das zeichnet die wirklich Großen ja aus, daß sie anderen unqualifizierte Kritik nicht übelnehmen. Warum auch, was kümmert es die italienische Eiche (gibt es so etwas?), wenn sich nordische Säue daran reiben?

Kommt hervor, Wunder der Technik. Mit einem eifrigen Schmunzeln legte er Riesenphotos vor: Sein Hauptwerk, der eigentliche Sitz des Unternehmens.

Bedauerlicherweise war es jetzt Wochenende, und in der Kürze der Zeit konnte ein Besuch dort nicht mehr realisiert werden. War ja auch nicht nötig, wir hatten unser Vertrauen - kurzfristig -wiedergefunden. Sehr kurzfristig.

Er mußte uns erst noch zwei Riesenprojekte vorführen, die er betrieb, eine Schule und ein Einkaufszentrum - alle wohlversehen mit seinem Firmenlogo.

Dann kam als weiterer Höhepunkt eine Riesenfirma, die Fertigbetonteile herstellte, so halbe Häuser, Brückenteile und alles andere, was das Herz begehrt. Meine Augen zeigten deutlich Dollarzeichen

Es war alles Bluff, aber, wohlverstanden, ein großartiger Bluff. Solche Vorleistungen, solche Einsatzbereitschaft, solcher Mut - Luigi wird sicher bald in die italienischen Heldensagen (siehe eben da) aufgenommen. Hätte ihn der Duce schon gehabt, wäre der Abessinienfeldzug ganz anders verlaufen.

Abessinien? Feldzug? Es spricht für Sie, hochgeschätzter Leser und bezaubernde Leserin, daß Sie sich nichts darunter vorstellen können. Abessinien ist nämlich das Land des Negus', jetzt Äthiopien, welches der damalige größte Feldherr aller (italienischen) Zeiten angriff. Die braungebrannten Einwohner, stolze hochgewachsene Gestalten des ältesten christlichen Staates der Welt, setzten sich mit Speeren und Messern zur Wehr. Wen wundert es, daß die italienische Kriegsmacht vor derart überlegenen Waffen das Hasenpanier ergriff. Es heißt eigentlich „Parnier", aber ich stelle mir unsere damaligen Bundesgenossen eben so gerne paniert vor ... Möglichst mit einem entbeinten und zerlegten Luigi als Hauptgericht. Aber ich schweife ab.

Damals quollen die Auftragsbücher über. Rund fünfzig Millionen konnte ich einschreiben, das waren tolle Aufträge, und immer wieder der vorantreibende Gedanke an die berühmten 2 % Provision. Ich könnte mich noch seitenlang darüber äußern und mich ärgern und wütend sein. Wenn ich aber ehrlich sein soll, und das habe ich mir fast ernsthaft vorgenommen, dann muß ich jetzt manchmal noch darüber grinsen. Was war ich doch für ein Hornochse, ein gläubiger nordischer Trottel, der Ehrlichkeit und Anstand erwartete. Und das in Italien. Da doch schon eher in Deutschland, wo der Handschlag noch gilt als das heiligste Pfand ...da ist meine Heimat, mein... Merkt man eigentlich, daß ich scherze? Es gibt immer noch Menschen, die so etwas wirklich glauben, in einem Land, wo ohne bestechen und schmieren und politischen Druck und so weiter nichts mehr geht, schon lange nicht mehr ...

Also, ich hatte jetzt endgültig von meinen italienischen Connections die Schnauze voll und wollte wieder bodenständig werden. Interessant sicher, daß ich immer noch genug heranschaffte, um meiner Familie ein sicheres Leben zu ermöglichen. Wenn das nicht gewesen wäre, hätte ich auch jeglichen Humor verloren und wäre zum Berserker geworden. Insgesamt hatte ich, statt der erwarteten 12 Millionen Provision nur etwa 3 und eine halbe verdient. Bevor sich gelber Neid einschleicht: Verdient heißt nicht, daß ich es auch bekommen hatte. Der weitaus größte Teil ging stets, wie ich ja schon weiter vorn dokumentiert habe, für die Verwaltung und andere Vorausleistungen drauf.

95/96 machte ich mit diesen südländischen Impressionen also endgültig Schluß, verbrannte auch meine Zelte in Neufünfland - wie ich meinte - und wurde wieder am Niederrhein seßhaft. Natürlich versuchte ich noch lange, über ein Jahr lang, in den neuen Bundesländern tätig zu bleiben. Aber vergeblich, die wirklich guten Aufträge und Arbeiten waren nach dem von mir schon benannten System weiter vermittelt worden, die Treuhand (Mann, welch ein maximal kaputter Name) hatte alles in Grund und Boden gehauen, rasch, damit die Chefin noch die EXPO in Hannover auf Grund setzen konnte, und der Boom flaute merklich ab. Die Hyänen zogen schon weiter, und der Rest wurde durch Bundesbürgschaften (es geht um Arbeitsplätze - brüllte die Gewerkschaft) und Subventionen durch schon marode Großbetriebe weitergeführt. Glaube niemand, daß dabei Parteispenden auch nur die geringste Rolle gespielt hätten. Niemand! Da hätte ja auch unsere Justiz sofort eingegriffen, soweit deren Verantwortliche nicht selbst ... aber ich schweife ab.

Und wenn ich schon schweife, dann lieber in eigene Gefilde. Ab, meine ich natürlich.

Da war zum Beispiel eine nette Episode, die ganz dicht davor stand, mich unheimlich reich zu machen. Kennen Sie Polen? Na ja, das Land mit der berühmten Wirtschaft, mit dem florierenden KFZ-Markt und der uneigennützigen Unterhaltung solcher wirtschaftlichen Brachen wie Oberschlesien (2. Ruhrgebiet sintemalen), Ostpreußen (Kornkammer Europas) und Danzig (Gdansk, das mit den berühmten Werften) ... Also, dieses an Boden- und anderen Schätzen reiche Land wurde mir warm ans Herz gelegt. Ich hatte nämlich mitbekommen, daß die große Kette M. alle Geschäfte im Land flächendeckend mit Haushaltsregalen bestücken wollte, Verkaufspreis so um DM 20.--. Und wenn, so sagte ein fast Freund, du in der Lage bist, diese Regale für, sagen wir mal sechs Mark fünfzig anzubieten, dann kannst du Hunderttausende davon verkaufen, und schwerstreich werden. Der Gedanke behagte mir, wobei man verzeihen muß, wenn ich die Zahlen nicht korrekt wiedergebe. Also versuchte ich, jemanden zu finden, der selbige Regale zu selbigen Preisen, natürlich w e i t billiger, herstellen konnte und wurde fündig. In den polnisch verwalteten... na ja, also in Polen fand ich eine Firma, die sehr preiswert und korrekt arbeitete, außerdem gab es noch einen vertrauenswürdigen Polen, der sich dort dauernd für zügige Arbeit einsetzen würde. Tat er, mit unterschiedlichem Erfolg.

Also wurde ich Waldbesitzer. Denn um die Produktion forsch voranzutreiben, mußte ich Grundstoffe haben. Robin Wood mag es mir verzeihen oder auch nicht, aber wir schnitten die Saat zügig und begannen die Produktion. Der Vertrag mit M. war verbindlich abgeschlossen, Ilse und ich verbrachten wunderschöne Tage in der herrlichen oberschlesischen Landschaft. Die Termine rückten näher, und irgendeine Produktionsmaschine streikte. Aber dank unseres polnischen Kampfgefährten klotzten die Jungs trotzdem ran, und am Tag der Ablieferung, besser gesagt schon ein wenig in der Nacht, aber noch fristgerecht (keine Konventionalstrafe) rollten die ersten drei polnischen LKW mit unseren Regalen auf den Hof. Whooow! Alles war gerettet, wir waren reich, reich, reich ...

Am nächsten Morgen dann das Öffnen der LKWs, und die Misere floß uns entgeg. Da eine Trockenkammer ausgefallen war, hatten die listigen Polen das grüne feuchte Holz verwendet, die fertigen Regale in die Plastik-Wurstpellen gepackt - und waren dann tagelang unterwegs, in praller Sonne. Die Regale flossen förmlich. Radau, Skandal, für jedes Regal mußte ich später vier Mark an M. zahlen. Die hatten nämlich bei einem anderen Händler schnell nachgeordert, und das wurde teurer. Die Differenz stand mir zu. Also wieder mal nicht direkt in den Bereich der Superreichen aufgestiegen, größere Verluste, aber immerhin ein paar schöne erlebnisreiche Tage mit meiner Frau im Osten.

Aber zurück zum Ernst des Lebens. Ich eröffnete ein Kontor in Duisburg und vertrieb mir die Zeit damit, Häuser zu verkaufen. Außerdem wurde ich Mitgesellschafter einer Firma, die Kopfschlächter, also Ausbeiner und Zerleger, beschäftigte. Sie wissen nicht, was das ist? Wußte ich auch nicht - ich lernte es zwar rasch, aber es blieb eben nur eine Episode. Denn da mahnte schon ein anderes Projekt: Wolfgang N. eroberte die Ukraine.

War außer mir hätte es geschafft, in Sewastopol und umliegenden Orten sowohl für Kinderkurheime gewaltigen Ausmaßes als auch für die Privatisierung des Flughafens eben dort die konstruktive Verantwortung zu übernehmen. Neben der Schwarzmeerflotte war ich längere Zeit die Sensation vor Ort.

Ich hatte ja einen Anwalt in Leipzig gefunden, der italienisch sprach und meine Probleme wegen der Provisionen zügig in Angriff nehmen wollte. Tat er, meine Probleme in Angriff nehmen, er verschärfte sie nämlich. Zu seinen Gunsten, wie angemerkt sei. Obgleich Ilse sofort beim ersten Kontakt sagte, dieser Mensch wirke „link", vertraute der Riesenmenschenkenner W. wieder - und griff wieder einmal voll in die Scheiße. Man verzeihe mir solch grobe Wörter, aber manches läßt sich in unserer vertrauten Muttersprache eben nur an Beispielen verdeutlichen.

Nur soviel zu meinem Rechtsberater, einem Organ der Rechtspflege, das diesem Titel Ehren machte: Er war von meinen Projekten begeistert, verführte mich dazu, im gleichen Haus meine Büros unterzubringen - und berechnete von da ab neben der Miete, bis auf die Atemluft, alles als Nebenkosten. Dann riß er sich, durch seine Aktenkenntnisse informiert, durch eine von ihm gegründete Firma ein sehr solventes, gutes Projekt unter den Nagel. Gemach, gemach, bevor Sie jetzt rufen: Großer Meister, zeigen Sie ihn an, das ist standeswidrig! schreibe ich schnell, daß ich es tat. Anzeigen nämlich. Und er grinste und gewann. Fragen Sie mich nicht wie, es ist absolut unmöglich nach unseren Gesetzen. Aber er obsiegte. Organe der Rechtspflege obsiegen in eigener Sache immer. Deswegen heißen sie ja auch Organe.

Ich nenne ihn einfach, damit man sich das besser merkt, den sehr aktiven Unternehmer (Abk.: saU). Er hatte nämlich einen Auftrag über 40 Millionen einfach durch seine eigene Firma übernommen, so clever war SAU. Dabei war er wirklich meine große Hoffnung im italienischen Desaster. Er brachte in unsere später gemeinsame Firma 50 TDM ein, natürlich in Sachleistungen, verlangte aber den Löwenanteil an Gewinnen, da er ja auch die Hauptarbeit leistete. Ich blieb einmal wirklich hart und gab ihm nur 20 %. Wonach er mich dennoch, wie bereits geschildert, über alle Tische zog. Er lernte durch mich Dutzende von Leuten kennen und nutzte das schamlos aus. Soviel zu SAU.

Aber ich war ja auch schon gedanklich in Kiew. Eine wunderschöne Stadt, nur Sewastopol war noch schöner, und die Strände, das Meer, die unglaublich freundlichen Menschen Bürgermeister, Militärs, Unternehmer - es war eine Lust zu leben.

Auf der Ehrentribüne glänzten Orden und Tressen, hochmögende Persönlichkeiten neigten sich voreinander, und vor Wolfgang Nebich, der dort auch saß und schon rund fünfhunderttausend muntere Märkchen in Riesenprojekte, oder besser, deren Vorbereitung investiert hatte. Am Morgen hatten Ilse und ich Tabletten zur Entwässerung genommen, und nun sahen wir mit halb geschlossenen Augen das riesenhafte Schlachtschiff, welches vorgeführt wurde. Wir kämpften mit dem Gähnen, gegen den Schlaf, und das nicht, weil wir Antimilitaristen waren. Sondern weil wir die Tabletten verwechselten und Schlaftabletten einnahmen. Das kann man nicht erfinden, so etwas muß man erlebt haben. Es war schrecklich und peinlich zugleich. So erlebten wir also das Staatsfest als Ehrengäste der ukrainischen Regierung.

Selbige unterstützte auch unsere wirtschaftlichen Vorhaben, wenn auch nicht ganz. Ein dreihundert Millionen schweres Projekt hatte ich zur Vorfinanzierung vorangetrieben, alles unterschriftsreif, wobei nur noch die Kleinigkeit von fünf Millionen von der Regierung verbürgt werden mußte. Es wäre wahnsinnig toll gewesen, wunderbare Bauplätze, ein klares Konzept und ganz sicher auch enorme Erfolge waren vorprogrammiert. Wir sahen uns ein riesiges Kinderkrankenhaus mit Kurstätte für die Tschernobyl-Kinder und andere aus allen Teilen des ehemaligen russischen Weltreiches an. Großartig, das war eine Zukunftsperspektive, von der man nur träumen konnte.

Leider nur träumen.

Das Projekt platzte, weil die Ukraine die fünf Millionen Bürgschaft nicht auftreiben konnte. Und der Ehrenstaatsgast Wolfgang N., der für die höchsten Orden in Vorschlag war, der etliche vielköpfige Delegationen in Deutschland durchgefüttert hatte, mußte quasi um sein Leben fürchten. Wenn er sich nicht ganz still verhielte, würde man ihn und seine Familie besuchen ... Er verhielt sich ganz still. Trotzdem, die Ukraine war ein Erlebnis, schade, daß es so enden mußte.

Was soll ich noch berichten? Ich wäre nicht ich, wenn es mir damit gereicht hätte. Aber jetzt soll die Planung noch sorgfältiger werden und nicht mit ukrainischen oder gar italienischen Firmen und ähnlichen Partnern. Wie wäre es denn mit Spaniern? Deren Ehrenhaftigkeit steht doch außer jedem Zweifel. Don Rodrigo, der CID, ist da ein Beispiel. Natürlich gibt es Don Quichotte- aber den gab es ja nicht wirklich.

Ich plane mit einem solventen Partner aus Westeuropa, nett geschrieben, nicht wahr? - ein neues Projekt, diesmal an der Costa del Sol. Und es ist eine wirklich gute Idee, wirtschaftlich und sozial großartig.

Irgendwo zwischen Marbella und Malaga wird eine Anlage für Senioren errichtet, etwas, wo sich verdiente ältere Menschen in herrlicher Umgebung und bei angenehmem Klima ihr Alter zufrieden gestalten können. Kein Projekt für hochgestochene Superreiche, sondern ein auch durch die Rentenversicherungsträger mit unterhaltenes Haus in der Struktur für betreutes Wohnen angelegt. Menschen, die nicht in ein Altersheim wollen, sondern ihre Freiheit, ihr eigenes Heim bewahren wollen. Das finanziert auch die Pflegeversicherung, nach einem Grundsatzurteil. Es ist nicht teurer als in Deutschland, und das Klima ist erträglicher. Wenn dann jemand von den alten Leuten krank oder hilfsbedürftig wird, gibt es Pflege direkt im Haus, alles inklusive. Und die Leitung ist in der Hand von Fachleuten mit menschlichen Qualitäten. Ein Projekt, das mir am Herzen liegt, und das ich nicht nur aus wirtschaftlichen Gründen plane.

Noch einmal schlendere ich über die gepflegten Wege. Es ist Herbst geworden, jeden Morgen müssen viele eifrige Helfer Laub von den Wegen fegen. Die letzten Blumen neigen sich schon zum Boden, die Bäume werden größer, schlanker, da man jetzt ihre Stämme ohne das Laubwerk sehen kann.

Immer noch schmettern viele muntere Singvögel ihre Weisen in den düster wirkenden Himmel. Aber auch der Herbst hat seine sonnigen Tage. Ich genieße es, langsam zu schlendern und dabei an keine schlimmen oder schwierigen Sachen zu denken.

Der Forellenteich ist ziemlich dicht mit Laub bedeckt, da er wohl einige Zeit nicht gereinigt wurde. Dabei wird er bald abgefischt, wie wir Angler es nennen. Die Forellen wandern in die unterschiedlichen Kochtöpfe, und im Frühjahr wird die neue Brut ausgesetzt.

Donald, unsere Ente, ist längst verschwunden. Hoffen wir, daß sie nach Süden geflogen ist und nicht in einen Kochtopf wanderte. Das werde ich nicht mehr feststellen können, denn im nächsten Frühjahr werde ich an anderen Orten weilen.

Wenn die Sonne durchbricht, dann sticht sie fast. Die glitzernden Natodrähte spiegeln das Licht weiter, und die farblich ständig variierenden Blätter der Büsche und Bäume geben eine warme lauschige Stimmung wieder. Es knistert unter meinen Schritten, Eicheln und Bucheckern liegen überall herum, heruntergebrochene Ästchen und Zweige. Es sind deutlich mehr Eichhörnchen unterwegs, und die Revierkatze streicht auch, versöhnlicher gestimmt, manchmal um die Beine des Wanderers. Das Gelände muß entwässert werden, deswegen müssen jetzt Drainagegräben gezogen werden. Mit infernalischem Lärm stören Dutzende von Waldmofas, also maschinellen Sägen, die Stille und scheuchen Mensch und Tier auf. Zum Beispiel die vier Pfauen, die durch eine kaum durchschaubare Laune plötzlich einflatterten und seit Wochen zum Gelände gehören. Ihre mißtönenden Schreie erinnern an sehr große Katzen, und leider haben sie keine Schweife, so daß nichts ist mit Radschlagen und Riesenfedern verlieren ... Der Weg schlängelt sich jetzt weiter am Sportplatz vorbei, aber mir reicht es schon und ich biege vor der ersten Überwachungskamera am Minigolfplatz ab. Erst noch einen Kaffee im Gemeindehaus nehmen, dann kann ich noch kurz den Goldfischteich inspizieren und mich zu einer kurzen Siesta zurückziehen.

Bald knalle ich die Tür endgültig hinter mir zu und überlasse das westfälische Büro einem Vertreter.

Bald, bald, dann hat mich meine Familie wieder ganz - bis auf die spanischen Projekte natürlich.

Träume, Realisationen, Erfolge, Enttäuschungen - was uns nicht umbringt macht uns stärker. Und nicht härter. Das habe ich nie allein geschafft, und das schaffe ich auch in Zukunft nicht. Ich habe Hilfe, starke Hilfe.

Danke Ilse!